PLÍNIO CABRAL

Recordações de um olho torto

PLÍNIO CABRAL

Recordações de um olho torto

Novela romanceada em 35 episódios
e um sensacional epílogo
que ninguém pode perder.

São Paulo 2008

Copyright © 2008 by Plínio Cabral

PRODUÇÃO EDITORIAL   Equipe Novo Século
DIAGRAMAÇÃO   Claudio Braghini Jr.
Capa   Victoria Rabello Telles
REVISÃO   Rita de Cássia da Cruz Silva
Jacinara Albuquerque de Paula

**Dados Internacionais de Catalogação na Publicação (CIP)
(Câmara Brasileira do Livro, SP, Brasil)**

Cabral, Plínio
Recordações de um olho torto / Plínio Cabral. — Osasco, SP:
Novo Século Editora, 2008.

1. Ficção brasileira I. Título

08-03298   CDD-869.93

Índices para catálogo sistemático:
1. Ficção: Literatura brasileira   869.93

2008
IMPRESSO NO BRASIL
PRINTED IN BRAZIL
DIREITOS CEDIDOS PARA ESTA EDIÇÃO À
NOVO SÉCULO EDITORA
Rua Aurora Soares Barbosa, 405 – 2º andar
CEP 06023-010 – Osasco – SP
Tel. (11) 3699-7107 – Fax (11) 3699-7323
www.novoseculo.com.br
atendimento@novoseculo.com.br

"Deus escreve direito por linhas tortas"
(ditado popular)
quando escreve...

Sumário

Antelóquio 11

Episódio 1 - Cego de olhos abertos 13

Episódio 2 - Esperando o fim do mundo 17

Episódio 3 - Um caniço ambulante 21

Episódio 4 - Uma idéia assassina e a espingarda
              de pederneira 25

Episódio 5 - Nova idéia assassina e a
              cobra "matadera" 33

Episódio 6 - A idéia assassina que não
              deu certo 37

Episódio 7 - A última idéia assassina 45

Episódio 8 - Uma lembrança escolar 59

Episódio 9 - Um futuro promissor 69

Episódio 10 - Uma experiência dolorosa 73

Episódio 11 - Os visitantes 81

Episódio 12 - O cigano velho e o homem invisível 87

Episódio 13 - ...Que, por ser 13, é o da feitiçaria 91

Episódio 14 - O cebolão dourado e o rei da terra 97

Episódio 15 - O fantasma da meia-noite 101

Episódio 16 - O anel perdido e o negrinho
do pastoreio 107

Episódio 17 - Reflexões sobre um olho torto 115

Episódio 18 - Na hora de servir a pátria 121

Episódio 19 - Um olho idem... 133

Episódio 20 - A moça azul e a mulher sem dente ... 137

Episódio 21 - Preocupações 143

Episódio 22 - ...De como se encerra um episódio
e se começa outro 151

Episódio 23 - Um grande negociante 153

Episódio 24 - Outro grande negociante... 159

Episódio 25 - Política 163

Episódio 26 - Noivado 169

Episódio 27 - ...De muito futuro 173

Episódio 28 - Subindo na vida 177

Episódio 29 - Onde se trata do casamento, da vida
conjugal e seus etc... Etc. 179

Episódio 30 - Uma descoberta notável 187

Episódio 31 - O abrigo contra bombardeio aéreo ... 191

Episódio 32 - Salvo pelas calças 199

Episódio 33 - Promoção muito merecida 205

Episódio 34 - Espinha dorsal da nação 211

Episódio 35 - A visitante 217

Epílogo 221

Antelóquio...

Há muito tempo que venho alimentando um projeto: escrever a história de certas partes do corpo que, no meu caso, vez por outra, adquirem vida independente.

Compreendi, muito cedo, a verdade que existe no dito popular: "Não deixes que tua mão esquerda saiba o que faz a direita". Para mim é algo muito embaraçoso, criando, inclusive, situações anômalas que determinam estranhas paralisações em plena rua: a perna esquerda tende para a direita, a direita tende para a esquerda, tomando rumo perigoso e de conseqüências imprevisíveis. É claro que isso não acontece a miúde, o que me salva, inclusive de conotações políticas inexplicáveis.

Os dedos exercem, sobre mim, um estranho fascínio. Por que são diferentes? Essa diferença é, tecnicamente, desnecessária, a não ser por motivos sociais, se assim o desejam os ordeiros do mundo. Não há outra explicação. O polegar é grosso, baixote, tem ares de truculento ditador sul-americano. O indicador parece-me alcagüete: não indica nada, mas tem um estilo, um jeito de ser todo seu: mostra-se grande, mas é pequeno. Mostra-se importante, mas não tem importância. Não compreendo esse machismo. Os dedos são masculinos. Na verdade, o mindinho parece-me bastante feminino, não pela sua fragilidade, mas pelo isolamento bem comportado. Do anular tenho minhas dúvidas. Não vou com ele. Tem andadura em falsete, com ares de malandro mal sucedido.

É claro que, vendo as coisas assim, o corpo se decompõe e sua unidade é um milagre que não consigo explicar. E nem é necessário: há vida própria em tudo. Faço exceção aos olhos, já que estes se movem de comum acordo e bom comportamento: um segue o outro em teimosia de irmãos siameses, se é que irmãos siameses andam sempre juntos. Pode-se fechar um olho, é claro – e o povo sabe disso, originando-se daí todo um sistema que faz o orgulho da república e o bem-estar dos políticos na base do "fecha um olho que a gente dá um jeitinho". Não me refiro, é claro, à história banal e improvável de que em terra de cego quem tem um olho é rei, porque isto, certamente, é idéia monarquista, que nada tem a ver com a realidade dos nossos dias e muito menos com a ação independente dos membros do corpo humano.

O par deve constituir-se em unidade: um par. Assim, por via matemática, entendi o problema dos olhos, até que fato inusitado veio ao meu conhecimento numa história que deu origem a esta novela romanceada que dividi, com muita diligência, em 35 episódios e um sensacional epílogo. É ver para crer. E ler para entender, pois tudo aconteceu.

Episódio 1

Cego de olhos abertos

Chamava-se Almerindo e era do sexo masculino – vejam só! –, coisa que não se distingue facilmente, pois nessa matéria, muitas vezes, quando se descobre a verdade já é tarde.

Nasceu num dia muito frio e sobre ele ninguém fez qualquer prognóstico e nem se poderia fazê-lo, por que se há de? Era o quarto filho e o pai resmungou, contrariado, palavras que só ele entendia e saiu para o quintal, onde mirravam pés de milho e ciscavam galinhas magras. Pensou consigo: "Esse roçado vai mal". Ia. Pigarreou, cuspiu longe e sentou-se na soleira da porta, cismando coisas que iam e vinham, formando figuras que logo se desmanchavam.

Uma vaca mugiu – e ele tornou a pensar: "Pouco leite", fato que o deixava mais triste do que triste era. Depois enrolou um cigarro de palha, levantou-se, caminhando sem rumo certo até deter-se na cerca de bambu. Sentiu-se cansado e voltou. A cerca, em construção desde um tempo que não tinha memória, podia esperar e esperando continuou.

Entrou em casa novamente. E foi até o quarto, passando pela cozinha, onde um cachorro velho modorrava esquecido da vida. Pensou: "Esse vive porque vive, pra quê, ninguém sabe...".

O cão, sentindo no dono pensamentos malignos, saiu correndo, correndo tanto quanto podia correr.

No quarto, a mulher parida perguntou algo, chamando pela filha...

– Tininhaaaa!

...que veio correndo, enquanto o pai sumia e a mãe explicava:

– Essa criança não mama... Olha só que coisa!

...e Tininha não olhou porque nada tinha para olhar naquele monte de trapos que gemia e fuçava, desesperado, a boca indo e vindo, rosto muito vermelho que nem ratão de banhado.

Tininha ficou ali, habituada a mãe que chamava por chamar, sem razão e sem por quê. Os peitos eram enormes e desdobravam-se pelo corpo até a barriga murcha do parto. Formava conjunto único, que parecia ir do pescoço aos pés. Um dos seios – engraçado – era maior, o bico saliente, agudo, preto em meio a vermelhidão geral. Era um bico que avançava avançador, empinando-se no ar. Depois voltava, encolhido, deixando aparecer mil buraquinhos que surgiam entre pregas. O leite escorria, amarelo, molhando o lençol branco, enquanto Almerindo fuçava, desesperado, já grunhindo um choro convulso.

A mãe comentou:

– Não mama porque não mama e ainda chora que nem um condenado...

Almerindo silenciou. Ouvia-se apenas o ruído sugador do seio menor, que era magro e de pouco leite, enquanto o grande lá estava, solene, a ponta empinada, olhando o mundo num ir e vir constante.

Almerindo adormeceu.

A mãe pensou um pensamento estranho e para não perdê-lo falou para si mesma: "Ele não vê o peito e de não ver coisa tão grande deve ter cegueira maior" e por isso lastimou-se de sua lástima e gritou bem alto:

– Era só o que me faltava!

Tininha assustou-se e de susto saiu correndo. Boa coisa não era, a mãe gritando. Melhor sair, e sair correndo.

Saiu escondendo-se de si e de todos numa pressa cheia de medo.

Na cozinha, o cão roncava e o tempo se ia, acompanhando o sol da tarde.

Almerindo acordou e começou a chorar. Mais do que chorar: grasnava. "Mamou pouco", pensou a mãe, "quer mais". E deixou-se ficar, a espera do que não aconteceu. Depois, paciente, com a mão direita, levou o bico do seio a boca da criança. Havia carinho no gesto, que era puro instinto, repetindo o que vinha se repetindo nos tempos. Sorriu até, ou apenas abriu a boca. Nem ela sabia. O rosto, porém, logo se fechou e um pensamento amargo escureceu tudo a sua volta. "É cego". E repetiu, agora em voz alta para ouvir e confirmar:

– ...cego. Era só o que me faltava!

Sentiu uma coceira no seio grande. Estava enorme. Se Almerindo não mamasse, o que aconteceria? Passou os dedos no bico entumecido e sentiu uma coisa estranha pelo corpo, um arrepio de coceira e teve a impressão de que ele era maior que ela mesma.

Continuou assim durante muito tempo, passando os dedos na ponta do seio e vendo-o crescer mais do que o mundo. Crescia sempre.

Almerindo adormeceu e ela também.

Sonhou e no sonho apareceu um garoto cego conduzindo um burro cego por estrada tão cega que dela nada se via. De repente, a estrada terminava num precipício enorme, que não era cego, mas de olho aberto e os dois caíam lá embaixo, enquanto ela corria desesperada pensando que sem o menino, tudo bem, viveria, mas sem o burro – quem de trabalhar haveria?

Acordou naquele sobressalto. Suava um suor frio e dolorido.

Olhou a criança. Almerindo estava de olhos abertos. A mulher animou-se:

– Graças a Deus.

Fora apenas um sonho: o burro estava salvo e o trabalho também.

Tornou a dormir, tranqüila.

Episódio 2

Esperando o fim do mundo

Almerindo não era cego. Mas tinha dificuldades, via-se logo, para ver as coisas. E ninguém sabia porque na sua vidinha o peito da mãe, embora enorme e tão grande de abarcar o mundo, ia para um lado e ele para outro. Por isso, muito cedo, deixou de mamar. O peito requeria trabalho dobrado, difícil e impossível de acerto com a pouca paciência da mãe e a muita lida caseira. Viver era difícil, quase impossível. Ele via o mundo, mas o mundo não estava ali onde ele via.

Foi isolado pelas irmãs e repelido pela mãe. O pai, indiferente, enrolava o cigarro de palha, pigarreava, cuspia longe – e rosnava –, mais do que falava:

– Traste inútil...

...dando em Almerindo enorme piparote que o fazia rodopiar como piorra louca, sem que o pobre diabo soubesse porque o mundo desabava sobre sua cabeça.

Fugia, correndo desse mundo, escondendo-se em baixo da cama com o velho Tupi, cão agora sarnoso e cheio de feridas que ficava por ali na hora da morte, a lamber-se todo. Sem forças para rosnar ou morder, Tupi aceitava o estranho companheiro, e Almerindo, então, sentia-se mais seguro. Os dois roçavam carícias e construíam aquele mundo estranho, sem olfatos e sem mordidas. Eram felizes de felicidade canina.

Almerindo muito cedo descobriu duas coisas que, se não tornaram a vida fácil, davam-lhe direção mais ou menos certa. Primeira: sempre que olhava uma coisa e pedia, davam-lhe outra. Melhor, pois, não pedir nada. Segunda descoberta: era bom ficar longe do pai e da mãe e, também, das irmãs – porque todos eles representavam tabefes, piparotes e beliscões. É verdade que Tininha uma vez passou-lhe a mão pela cabeça. Mas foi só um instante. Depois ela, certamente arrependida, fugiu correndo. Voltou logo para pespegar-lhe dois beliscões. Enormes.

Mundo estranho. Gente estranha.

Concluiu, pois, que a pior coisa era ser gente. Bicho não tinha problema: vivia vivendo. Compreendeu isso quando ouviu Padre Caetano falando do diabo e descrevendo o inferno, região tenebrosa para onde iam os pecadores (quem eram eles ninguém sabia, muito menos Almerindo). Os homens, certamente, mas que homens? Estavam todos condenados, sem dúvida. Ele em primeiro lugar.

Almerindo julgava, pois, com base nos ditos do Padre, que gente era a pior coisa da terra, vivendo ali por engano, e artes do Demo. Tupi, o cachorro velho, ficava embaixo da cama, coçando pulgas, lambendo feridas e comendo tranqüilo o que lhe davam – sem tabefes, beliscões, gritos ou ameaças. Era feliz e não pecava. Certamente. Deus, que criara tudo, preferia os animais – boi, bode, cavalo e até tatu rosqueira. Eles viviam melhor. O resto era coisa do Demo. Sem dúvida.

Com as palavras do Padre Caetano e seus pensamentos, Almerindo teve sua primeira idéia do mundo. E não era boa.

Se o Padre tinha razão – e Padre sempre tem razão – com tanta coisa ruim, o fim do mundo estava próximo. Era só esperar um pouquinho. Impossível continuar assim.

E Almerindo, então, muito quieto e paciente, ficou esperando o fim do mundo...

Não poderia demorar tanto.

ns
Episódio 3

Um caniço ambulante

O fim do mundo não veio.
Almerindo continuou crescendo. Crescia sem parar, desafiando a terra e alcançando os céus. Era magro, muito magro – e alto, mais alto do que os primos que de boa altura todos eram. A própria Tininha olhava-o com inveja de quem via o alto que não se alcança.
O pai dizia, resmungão e desanimado:
– Um caniço...
...que vergava ao vento sem força ou serventia. Não trabalhava e, quando tentava – tinha vontade –, atrapalhava-se e atrapalhava.
A mãe explicava, que de explicação era sua vida:
– É isso, come de um lado, sai do outro. É como trem de ferro: engole fogo, solta fumaça... Espicha sempre...
E depois, pensativa, sentenciava:
– ...foi o raio... Caiu um raio quando eu estava de nove meses... Deu nisso...

E assim Almerindo crescia, rumando rumo não se sabe com que destino. Crescia.

Sua vida não era fácil, que viver nunca foi. Havia uma diferença entre a intenção e o ato.

O ato que todos faziam, fazendo o feito, nele complicava-se, resultando desastres e mais desastres. Explica-se: queria uma coisa, pegava outra. A princípio, é verdade, julgou que o mundo fosse assim mesmo: o pensado não é o feito; o feito não é o pensado.

Observando o cachorro Tupi, que era perdigueiro de raça, e apanhava o que queria, começou a desconfiar de que algo estava errado no mundo. No seu mundo. Nas coisas que ele via e tentava pegar – e não pegava: eterno desacerto de que se dava conta, às vezes de forma dolorosa.

Quando o pai chamava, respondia gaguejando, misturando as palavras: "Já, já, vou indo, vou já".

Na verdade, não sabia para onde ir. Confundia-se. E terminava deixando-se ficar num canto, esquecido e esquecendo que existia. Um fantasma.

Preocupava-se, é verdade. Pensava no assunto, matutava, perguntando. Não sabia o que e nem a quem e temia viver, não fosse pisar num lugar errado. Já acontecera quando enterrou os pés num monte de bosta e saiu correndo para se lavar no rio próximo, deixando atrás de si um rastro tenebroso que revoltou o mundo.

Temia tudo: cobra, aranha, bicho do mato, onça, jaguatirica, o pai, a mãe e, sobretudo, seu próprio olho traiçoeiro. Pensava, por isso: o mundo é um inferno.

Era mesmo.

Pior. Almerindo tinha medo dele mesmo, da sua maneira de ser...

Revoltou-se, então. Uma revolta surda, enorme, que foi crescendo, crescendo, formando bola imensa dentro do peito – e tanto cresceu que se transformou em ódio mortal.

E o ódio logo tomou direção bem certa.

Foi quando começou a arquitetar vingança terrível – uma idéia que nasceu pequena e se tornou grande, enorme: matar o pai, por que não? Estava ali a fonte do mal, de todos os males – que se alegrava quando ele sofria. Só o Demo poderia ser assim. Quem mais?

Mundo estranho. Muito estranho e difícil.

Por que tanto sofrimento? Era tudo trocado, tudo fora de lugar. Viver como? Ali estava o culpado, o mal. Ele!

Padre Caetano tinha razão.

Era preciso extirpar a fonte do mal. O mal era o pai, sempre rindo, gargalhando. Monstruoso.

Desaparecido o mal, poderia, então, viver – como viviam todos os bichos.

Por que não?

Episódio 4

Uma idéia assassina e a espingarda de pederneira

Almerindo chegou a conclusão de que matá-lo não seria fácil, pois nada é fácil, a começar pelo viver a vida.

O pai era figura inatingível, poderoso e distante. Manejava o chicote com habilidade e sabia distribuir chicotadas como ninguém. É verdade que em dias de festa chegava cambaleando, bebum de muitas pingas. A mãe, então, protestava, se protesto fosse aquele murmúrio escondido. Falava para dentro de si mesma, sem platéia e sem ouvintes:

– Beberrão. Cachaceiro.

E ficava nisso.

As festas, porém, eram raras e a bebedeira passava logo, após um sono curto, marcado pelo ronco forte que estremecia o mundo.

Almerindo não desanimou e seu projeto foi indo, crescendo como ele crescia – com a tenacidade dos sobreviventes. Era magro, alto, muito alto e – suspeitava ele próprio – forte de uma força contida. O pomo de Adão já aparecia no pescoço, pronunciando saliência enorme e adultice precoce.

Um dia o pai saiu à caça, levando consigo a espingarda de pederneira e o cão velho, quase inútil. Mesmo assim voltaria com paca, lebre ou preá, único momento em que todos, na comilança grande, participavam de uma alegria geral e ruidosa.

Almerindo viu a espingarda e delirou um delírio solto: era a oportunidade que chegava. Primeiro: poderia utilizar o instrumento proibido e desejado; segundo: estaria vingado e o pai morto, morta a maldade do mundo. Antevia o velório: bebida farta, correndo solta, tomando pinga, comendo fubá, devorando rosquinhas e – quem sabe? – um porco assado. Mas, de onde tanta comida se porco nem havia, leitões magrelos que eram.

Difícil, porém, alcançar a espingarda. Lá ficava, arma temida, dependurada na parede, o gatilho brilhando, a culatra lustrosa pelo uso. Uma peça e tanto, riqueza que o pai herdara do avô e, certamente, transmitiria a ele, único homem da casa. Vacilou na idéia do crime. Mas foi um vacilar de um momento pequeno. Prosseguiu.

Duas tentativas resultaram em nada. Da primeira, Almerindo aprumou o olho, ergueu a mão direita com firmeza que não imaginava ter.

A mão, entretanto, seguiu outro caminho e bateu na parede de barro socado, o que provocou barulho enorme. Tentou novamente. Inútil. Afastou-se para a esquerda, procurando alinhar a vista em mira certa: a espingarda estava ali, diante de seus olhos, tão perto que dela só via um pedaço. A mão, porém, que maldita! Caminhava em sentido oposto, arranhando a parede, ferindo-se, tirando lascas de barro batido, provocando um ruído oco de espantar meio mundo, para não dizer o mundo inteiro.

Inútil.

Vozes vinham da cozinha. A mãe ralhava com as meninas. Tina respondia, que respondona era. Não queria noivado com seu Manolo. Explicava:

– Ele é velho, asmático... vive pegando minha perna, me lambe a mão, um nojo. Isso lá é o que e pra quê?

E a mãe, conciliadora:

– Bobagem. Hoje é assim. No meu tempo...

E ficava nisso. Como era mesmo no seu tempo? Saber, não sabia. Calava-se, coçando o mamilo do peito murcho, ar pensativo e distante. Inútil. Não sentia nada naquele coçar. Era um hábito apenas, a mão dentro da blusa, a blusa escondendo nada.

Almerindo fez nova tentativa, procurando pegar a espingarda. Sem êxito. Desistiu. Tornou-se casmurro de casmurrice velha. Andava pelos cantos da casa, acabrunhado. Esquecia a lenha no mato, descurava o trabalho. Via o pai, indignado, reclamando da desgraça que era o filho inútil.

Almerindo desistiu. Não tentou mais. Concluiu que precisava de ajuda. Era algo impossível para ele de corpo desconjuntado e mão sem rumo certo.

Lembrou-se do primo Juca: talvez nele estivesse a solução. Era amigo de confiança e companheiro de peraltices.

Esperou, pois, com pouca paciência e muita ansiedade, a visita dos parentes. Contava os dias, perguntando a mãe:

— Falta muito pro domingo?

E a mãe:

— Por quê?

E ele:

— Porque sim.

E os dois:

— Ham... Hum...

A folhinha tornou-se vermelha, sinal de que era domingo.

Mas nada aconteceu: primo Juca não veio, não veio ninguém. O dia passou-se lento e triste. O pai inventou uma joeirada de trigo e todos trabalharam até o escurecer. Cansado, Almerindo adormeceu logo. Sonhou que arrastava enorme espingarda de pederneira. A espingarda parou de repente e perguntou:

— Para onde vamos com tanta pressa e pra que pressa se o fim do mundo fica tão longe?

Com medo de quem pensava um pensamento de ruindade e matador, resolveu mentir:

— Vamos de caça caçar...

— Ora... Ora... caçar o que com quê? E o cachorro?

Deu-se conta, então, de que sua idéia fora descoberta. E resolveu fugir, que era a única salvação. Atirou longe a espingarda para se livrar da espiã descobridora de seu plano tenebroso. Ela, porém, não caiu. Ao contrário. Ficou em pé, a culatra firme no chão, o cano para o alto, preto, agressivo. E corria atrás dele, gritando:

— Espera, tinhoso! Espera!

Ele corria e corria. Correu até que seus pés foram cansando. Pareciam de ferro, tão pesados. Movia-se mal e mal.

Arrastava-se. E a espingarda vinha vindo, correndo, correndo, poderosa. Agora inclinava-se na horizontal, o cano apontando, negro, ameaçador, abrindo um bocarrão desse tamanho. O bocarrão abriu-se, abriu-se, abriu-se e, de repente – do tamanho do mundo –, foi aquele estrondo medonho.

Almerindo acordou de repente. O coração batia forte, indo e vindo da barriga à garganta.

Lá fora armava-se um temporal: trovões e relâmpagos.

Não conseguiu mais dormir. O sono fugia – um fio de linha desaparecendo não se sabe onde.

Haveria trabalho, pensava, mesmo com chuva: debulhar milho. O pai não podia vê-lo parado: estava sempre inventando alguma coisa. Uma implicância. Enquanto vivesse implicaria, inimigo dele, inimigo da vida. Amigos, quem tinha e para que tê-los?

Primo Juca chegou naquela segunda-feira. Queria auxílio urgente, porque havia problemas com o cercado: caíra durante o temporal e terra sem cerca é terra sem dono. Foram juntos. O pai falou com jeito de sentença. Disse e tinha dito:

– O Merindo vai. Já tá homem... Chega de preguiça.

Foram.

No caminho, Almerindo confessou:

– Esse homem não presta.

– Quem?

– O pai.

O comentário foi simples:

– Ah!

Um grande silêncio. Depois:

– Se eu pudesse pegar a espingarda... Ah! Se pudesse! Dava um tiro nele...

Outro comentário:

— Ah!

Silêncio grande, comprido. E a pergunta:

— Por que não pega?

— Não alcanço.

Novo comentário:

— Ah!

E logo a seguir, definitivo:

— Eu ajudo.

Era tudo e não precisava mais. Assunto resolvido.

Combinaram, então, o que fazer. Mas primo Juca era razoável e sensato. Melhor que morte, coisa complicada e assustadora, um bom susto. Além disso, matar pai era danação eterna. Almerindo concordou, aliviado. Tinha medo do próprio plano e assustava-se com a medonhice da idéia matadora. Um bom susto: era isso. Combinaram tudo.

Na volta ficaram à espreita. E quando o velho dirigiu-se para o matinho, primo Juca pegou a espingarda — como era fácil em mão ordeira e certa! — e disse:

— Tu dá o tiro pra cima e eu jogo a pedra.

— Sim.

Saíram caminhando de mansinho, como raposa velha em galinheiro novo.

Atrás do matinho viram o velho, acocorado, gemendo, as calças no chão. Na boca, mascava, tranqüilo, um pedaço de palha. Olhava o chão, vendo nele sabe-se o quê. O traseiro, branco, aparecia como lua nova. Juca disse:

— Atira pra cima, bem pra lá... Cuidado, tu é meio vesgo... Eu jogo a pedra. Tem que ser bem certo. Melhor contar. No três tu atira. Vamos? Juntos: um, dois, três!

Almerindo apertou o gatilho: foi um estrondo medonho. O coice da arma jogou-o para trás, violento. Ficou surdo, ouvidos no zunir terrível. Pensou logo: "Vou morrer, foi castigo de Deus".

A pedra da funda acertou em cheio. A bunda branca tornou-se vermelha como sol de sangue em tempo de seca.

O homem ergueu-se de repente num salto voador e saiu correndo, sem calças, gritando um grito desesperado:

– Tô baleado! Tô baleado! Me mataram! Me acudam!

E corria, alucinado, em direção a casa.

Vieram todos, em pânico: desgraça não tem nome nem hora. A mulher, porém, mais viva de viver o mundo, olhou o corpo. Examinou com olho esperto: Não viu sangue. Disse apenas:

– Baleado coisa nenhuma. Tu está é cagado...

...e foi para a cozinha rindo – porque era hora de pôr as panelas no fogo e isto não pode esperar.

Almerindo e Juca esconderam-se. O susto fora grande e a resposta, que tamanho teria, se teria?

O velho, sem calças, desapareceu no matagal.

Episódio 5

Nova idéia assassina e a cobra "matadera"

Embora Almerindo esperasse o pior, não aconteceu nada. Incrível. O pai, envergonhado, procurou esquecer o assunto. A mãe, sempre quieta e distante, agora zombava, perguntando:

– Onde está o baleado?

Por fim, também esqueceu o caso. Havia mais o que fazer. A vida voltou ao normal, repetindo-se um dia depois do outro, iguais no frio, iguais no calor.

Almerindo, entretanto, via no incidente vasto caminho para vinganças que, com a cumplicidade do primo, tornava-se mais fácil.

"Ainda mato esse homem" tornou-se bandeira de guerra que, graças ao parente, perdia significado e se tornava menos perigosa: tratava-se de armar alguma traquinagem contra o velho. Nada mais.

Um dia Almerindo, distraído como sempre, esqueceu de fechar a porteira, e as três vacas leiteiras, riqueza da família, soltaram-se.

Ele estava no riacho a perseguir um peixinho vermelho. Não conseguiu pegá-lo. Mas os terneiros, vacas a vista, tiveram a oportunidade do dia e mamaram a vontade. O resultado foi trágico: sem leite para o tambo, faltava o dinheiro minguado daquele dia, com graves transtornos para os cofres paternos, que de cofres não tinham nada, sempre escasso e de pobreza assustadora. O pai não teve dúvidas, pois o culpado ali estava, alheio a tragédia financeira da casa. Chamou, categórico e trovejante, com aquela energia assustadora que faz do fraco um forte: berrou um berro medonho:

– Merindooooooo!

O tom da voz era inconfundível. O pau cantaria firme. E cantou. Sem lágrimas e mal gemendo, Almerindo rosnava palavras:

– ...agora eu mato mesmo, mato se mato...

E de tanto repetir, as palavras se transformavam, fundiam-se naquele rosnar e só se ouvia:

– Matesmo... matesmo... matesmo...

E nada mais.

Esperou pelo primo e combinaram novo ataque. A espingarda de pederneira estava fora de cogitação, escondida no baú grande, fechado com enorme cadeado. O pai aprendera a lição. Não facilitava.

Pensaram em fazer um arco e flecha, mas isto requeria habilidade especial, que eles não tinham e os índios, hábeis nessa arte, eram história morta. De resto, a experiência de Almerindo, quando, tempos atrás, chegaram índios de uma tribo andante – onde estariam agora? – fora um desastre. Fizera mira num tronco e a flecha feriu o olho da vaca brazina, o que lhe acarretou severa punição. Almerindo desconfiava de tudo que requeresse olhar, ver e agir numa direção determinada. Nunca dava certo. As coisas mudavam de lugar, fugidias. O mundo – sabia agora – movia-se inquieto, bailando um baile louco.

Desistiram, pois, da vingança indígena e optaram por método mais prático, embora dentro do quadro selvagem: uma cobra. A temível jararaca rondava por ali e seu veneno era fatal. Tio Santo, é claro, garantia a cura, bastando colocar o peçonhento bicho de cabeça para baixo, dependurado num galho de figueira, seguido de rezas que só ele conhecia. Uma espécie de enforcamento pelo rabo, coisa difícil de fazer e sustentar. Juca – jurou – uma vez tentara. Mas a cobra caía sempre. Não tinha nó nem laço capaz de prendê-la. Tio Santo, certamente, conhecia artes do Demo que tornava possível façanha tão difícil. Além disso, achar uma cobra onde? Existiam, existiam. Mas onde?

A beira do açude encontraram, finalmente, pequena cobra verde que foi, coitada, morta a pauladas. Depois, com cuidado e muito medo, levaram-na para casa.

O resto foi fácil.

Ergueram a colcha da cama e ali colocaram a peçonha que lhes parecia terrível e mortal. O pai, como sempre, viria para "sestear", deitando-se tranqüilo para sono rápido e solto.

Era isso.

E foi assim.

Ao sentir aquilo frio nas costas, o velho ergueu-se de um salto, pressentindo perigo ancestral que temia na alma.

– Epa, bicho! Epa!

Era um berro.

Almerindo e o primo correram, também aos gritos, já armados de paus:

– Uma cobra! Uma cobra!

E batiam furiosamente.

Na confusão que se armou não poupavam as pernas do velho que, assim, recebia cacetadas inumeráveis, especialmente de Almerindo, o mais aplicado. "Aqui", gritava um. "Ali", repetia o outro. E brandiam, no chão de terra, os porretes num bater desesperado, massacrando as pernas de quem pernas já não tinha, tal a dor de tanta pancada. Gritou seu grito berrante:

– Chega!

E todos pararam. Os dois, vitoriosos, arrastaram a cobra para fora, assustando as meninas que correram a esconder-se, vendo naquilo tudo, que era trabalho de homem e atividade caçadora.

De volta, Almerindo encontrou-se com o pai. Este, agradecido, sorriu desdentado e afagou-lhe a cabeça. Nunca fizera isto.

Almerindo, pela primeira vez, sentiu uma coisa estranha apertando por dentro, meio no peito, meio na garganta, dando-lhe uma vontade louca de chorar, não sabendo bem o porquê. E chorar, sem dor e sem apanhar, quem há de?

Episódio 6

A idéia assassina que não deu certo

A vida transcorria numa rotina calma, vivendo como tudo vive, crescendo para morrer.

Cortar lenha, tanger o gado, fechar a porteira, colher feijão, debulhar milho, alimentar os porcos – eis tudo e muito naquela vida de pouco.

Almerindo tinha uma idéia: idéia que fora se formando, indo e vindo, crescendo: o mundo era enganoso. Era e não era. O pai, ao mirar a espingarda de pederneira, fechava um olho, que pretendia ele? Fixar as coisas que se deslocavam e não tinham lugar certo. Talvez sim, talvez não. No seu caso, porém, fechar um olho complicava mais do que complicado estava, razão pela qual desistiu de fazê-lo. Agia sempre com extremo cuidado. Tornou-se vagaroso, de lentidão visível, passo incerto de quem ia sem saber se ia para onde.

O pai não tinha dúvidas: era preguiça pura, obra do Demo, infelicidade sua ter um filho assim inútil. Nessa idade outros rapazes trabalhavam firme e ligeiro, que plantio e colheita não esperam. Mas Almerindo, ao carpir, cortava metade da plantação. Mas, estranho e revoltante – fazia de propósito? – poupava o matagal ruim. Tinha parte com o Demo, esse menino. Trocava as bolas, desatento que era. Isto gerava uma guerra surda, às vezes nem tanto, entre os dois: o velho gritando e batendo; Almerindo cada vez mais casmurro, lento e teimoso, não raro armando das suas, fazendo aquilo que tentava fazer, firme no propósito: "Ainda mato esse homem".

Não matava.

Mas ia arquitetando suas idéias, observando a vida, as falhas, procurando oportunidades. Ferro, chuva, ponte caindo, seca, feras, forca, armadilha de caça e até um cachorro louco, foram cogitados com ferocidade crescente. Uma guerra.

Ficava, apenas, na idéia maligna. Na hora da ação, faltava algo. Não encontrava o cipó, errava o galho, caía da árvore, o cachorro louco não era tão louco... Terminava recorrendo ao primo, com o qual engendrava idéia mais diabólica, porém não muito perigosa e de execução certeira. O primo sabia das coisas, aprendera onde? Foi assim que surgiu a idéia da assombração. Ela veio com a visita de Tio Santo, ele próprio um assombro. Tio Santo era um negro velho, benzedor famoso, que fora escravo, tão velho era. Curava qualquer doença, desde bicheira de vaca até menstruação atrasada em moça solteira, que solteira ficaria se não viesse o que deveria vir em tempo certo. Tinha outras habilidades, o velho Tio Santo. Mas delas se falava apenas aos cochichos, longe de ouvidos malquerentes, razão pela qual moça donzela que o visitasse na certa não o era mais... Algo havia a compor e ele – diziam – compunha com segurança, garantindo serviço que tornava a moçoila pronta para casamento de família.

Tio Santo chegou com aquele seu jeito de quem é passageiro de estadia rápida – e ficou três semanas, um mês quem sabe, que contar os dias ninguém contou.

Trabalhava, é bem verdade, e as crianças gostavam dele e de sua conversa: era um contador de histórias, que começava sempre assim: "De uma feita...". Também era correio e jornal certo: portava notícias e novidades: morrera o coronel Danilo, homem rico, famoso em toda a região. Caso triste, sem dúvida: um assombro. Coronel Danilo viera da cidade grande, a capital, com manias de modernismo. Isso não era nada, coisas do progresso que funcionavam sem razão de ser e sem muita utilidade: geladeira, rádio bem falante e outras coisas por aí. Mas isso não era nada. Sempre havia novidadeiros. O pior é que o velho coronel dera para blasfemar. Desfazia dos crentes, ofendia os santos, provocava espíritos e de benzedeiros nem se fala, berrava logo:

– Besteira... Atraso, puro atraso... Deus vai lá acreditar num matuto desses... Ora, seu...

...e tascava um palavrão cabeludo. Depois ria. Mas não era um riso fácil. Era gargalhada que vinha meio rouca do fundo da garganta. Medonha.

Na morte da sobrinha não deixou que o Padre viesse, nem permitiu missa. Foi categórico:

— Minha casa não é circo de burlantim. Lugar de palhaço não é aqui.

E encerrou o assunto, não antes sem gritar um grito tenebroso:

— Embusteiro!

O que era embusteiro? Ninguém sabia. Coisa do Demo, certamente.

Padre Caetano fugiu, apavorado. Em vão a mulher pediu. A mãe, coitada, bem velhinha, implorou de joelhos. Até o filho, doutor formado, entrou no peditório. O coronel não cedia:

— Quem usa vestido preto, pra mim, é viúva.

Nem terço foi rezado, o que provocou a ira de Zezinho do Rosário, rezador bem conhecido e que não perdia enterro e neles se fartava de comilança farta. O coronel bateu-lhe com a porta na cara:

— Ora, Seu Zezinho... se quer comida de graça, vá pedindo... a casa não é rica, mas tem de tudo e sobra... sei de sua penúria. Vá comendo, homem, vá... mas não me venha com essa bobagem de terço e rosário. Sou homem civilizado.

E repetiu:

— C i v i l i z a d o! Entendeu?

O repetir foi um grito imenso que reboou pelo mundo:

— C i v i l i z a d o!

Zezinho retirou-se, assustado, resmungando resmungos que, disseram os entendidos, era uma praga medonha. E praga do Zezinho do Rosário pegava sempre, quem não sabia?

O fato é que, depois do enterro, altas horas da noite, ouviu-se um gemido. Vinha lá do fundo, no quintal, e ia subindo, subindo, entrando casa a dentro, percorrendo peça por peça, crescendo sempre, sempre, até transformar-se num urro tremendo.

O coronel, revólver em punho, levantou-se, gritando:
– Quem é? Quem é?

Mas ninguém respondia. O gemido foi morrendo, morrendo, até morrer de todo.

O coronel, decidido – era homem valente aquele – saiu para o quintal, assim de camisolão e trabuco pronto para atirar no que não via.

Silêncio completo na noite grande.

Não voltou, o coronel.

No outro dia, madrugada ainda, foi encontrado morto: um ataque do coração – diziam os menos entendidos em coisas de almas e afeitos a modernices. Mas a verdade, todos sabiam, era bem outra: a sobrinha morta viera buscá-lo, reclamando missa do Padre Caetano e terço do Zezinho do Rosário que o velho pagão negara.

Sinhá Maria Filomena, virgem de virgindade provada, quem duvidaria? – e quase santa, afirma que viu a moça, toda de branco, muito pálida, gemendo lastimosa e o coronel ali, no chão, estatelado e agonizante. Uma tristeza.

Tio Santo contava com detalhes. Ouviram a história em silêncio, formando roda que o negro velho administrava cachimbando.

A mãe disse, pensativa:
– Castigo de Deus!

E todos concordaram em silêncio, que silêncio era a concordância mais séria.

Depois a mãe foi colocar as panelas no fogo, que fome não espera: quase meio-dia, que atraso!

O pai limitou-se a comentar:

– Ahhhh! Hum, hum...

...que já era falar demais.

Tio Santo concluiu:

– Pois é.

Sentença final.

Os primos entreolharam-se: um olhar safado e cúmplice que prometia acontecências.

À noite, o pai, invariavelmente, abria a porta e ia até os fundos, aliviar a bexiga. Era uma operação lenta: na soleira da porta ele parava, olhando o céu. Dizia:

– Vem chuva.

Ou, então:

– Que solaço amanhã... É a seca.

Nunca errava.

Descia os três degraus de madeira, caminhando até os fundos. Ali desabotoava a braguilha, urinava. Terminada a operação sacudia-se todo, erguendo os ombros para cima várias vezes, por quê? Nem ele sabia. E comentava sempre o mesmo comentário:

– Ota vida... Ota vida...

E, satisfeito, voltava para casa.

Naquela noite ele fez o que vinha fazendo durante toda a vida.

Mal começou a sacudir os ombros quando ouviu um som estranho que vinha do canto da cerca. Era um gemido longo, muito longo, que ia crescendo até transformar-se num ronco bem grosso. Olhou espantado. E viu algo branco a mover-se. Parecia dançar – e na verdade – dançava. Parecia flutuar, mas na verdade não flutuava.

Assustou-se, é claro, quem não se assustaria? Mas reagiu, que reagir era da vida: agarrou um lenho enorme e caiu de pauladas na assombração gemente, que de gemer passou logo a correr, gritando aos gritos: "Sou eu, sou eu, não me mate".

O fantasma escapuliu aos gritos, enquanto o velho voltava para casa, rindo alto de tanto rir. A mulher, vendo o homem com riso aberto e boca larga, não entendeu o motivo. Sentenciou:

— ...caducando.

E avisou:

— Pelo menos, fecha as calças.

Abotoou a braguilha, acomodou as coisas, e foi para o quarto.

No outro dia, madrugada alta, chamou Almerindo aos gritos:

— Levanta, assombração! Está na hora...

E por muito tempo outra não foi a maneira de chamá-lo: assombração. O assombro queria sumir.

Não sumiu.

Um fracasso, essa idéia.

Episódio 7

A última idéia assassina

Por aquele tempo, Almerindo achava, simplesmente, que não tinha sorte. Não chegara, com clareza, a tal conclusão. Desconfiava, porém, que as coisas, para ele, nunca dariam certo. Sentiu-se muito triste e pensou, mesmo, em fugir para o mato. Conhecia a história do velho Simão que, de tanto sofrer, um dia deixou o mundo e foi morar com os bichos, bicho sendo desde então. Isto aconteceu há muito tempo...

...pela Páscoa os burlantins apareciam: o circo. Para os homens, a mulher que andava no arame, pernas de fora, era um espetáculo sensacional. Não pelo equilíbrio, é claro. Mas pelas pernas, perneando, roliças, na cara de todos. As mulheres fechavam os olhos: pouca vergonha. Olhavam, entretanto, suspirosas, o domador de leões, com aquele ar severo, bigode preto, pontas caindo pela boca, enfrentando perigo mortal: devastador. E havia, também, aquele baixinho que levantava peso enorme, estufando o peito, a provocar, no mulherio, um tremor esquisito: tão pequenino e tão fortudo, como podia? Vontade de afofar no colo, que vontade. As meninas suspiravam, dando gritinhos, enquanto mamães conservadoras ficavam ali, de olho parado, pensando coisas que não queriam pensar. Uma festa, o circo.

Simão era homem sério, pessoa de respeito. Casara-se tarde, com moça nova. Não tiveram filhos. Houve falatório, é verdade, que certa gente fala o que não deve e diz o que não pensa sem pensar no mal que faz. Mas logo cessaram os falares, porque tempo e trabalho apagam tudo e a menina tratava bem seu homem. Era "velhinho" pra cá, "velhinho" pra lá e mais agarração na vista de todo o mundo, pra que tanto oferecimento? Um escândalo. Mas, casado que eram de papel passado, que mal tinha? Cada um, cada um. Coisas de velho, que o tempo, se não aumenta o juízo, aumenta a safadeza, pois outra coisa não era esse bolina-bolina na frente do povo.

E assim ia a vida.

Às vezes ela aparecia de olheiras fundas, que nem morta em véspera de enterro. Olho perdido, ar cansado, e pele branquicenta, macerada. "O velho está aproveitando", falavam. Outros, porém, riam baixinho: "Ela está secando. O velho não dá mais. Amassa e não assa, pão dormido não tem gosto".

E assim ia a vida. Cada um, cada um.

Até que o circo de burlantins chegou e foi a festa de sempre, embora o domador estivesse mais velho; o levantador de pesos, mais gordo e os leões, desdentados, um deles sarnoso e de urro flácido. Ninguém via, ninguém notava, porque o ver nem sempre é o sentir.

Vinha gente de longe, pois anunciavam coisa muito especial: famosa peça em três atos, intitulada "A virgem de Serra Morena", história triste de jovem abandonada pelo noivo. O noivo, malandro safado, regressava mais tarde, velho, doente e pobre. Um caco. A virgem, porém, continuava mais virgem do que nunca, moça e bela por artes que só os burlantins conheciam. Mas agora ela, desprezada no amor, dedicava-se a Deus, num convento, onde, ajoelhada aos pés de uma santa um tanto gorda e desajeitada, rezava pela salvação da alma pecaminosa. A alma era o noivo, ali presente, devidamente envelhecido e alquebrado.

A platéia chorava.

Depois o domador enfrentava o leão magro, que tinha apenas metade da juba. A outra metade era um pelo sarnoso e ralo. A peso de chicote, o leão dava alguns rosnados, erguia a pata direita, que atirava para o ar num gesto de tédio e cansaço. Já não era mais o mesmo. Escancarava a bocarra sem dentes e nela o domador, impávido, enfiava a mão direita, enquanto se dirigia à platéia em curvatura reverente que pedia aplausos. E os aplausos vinham, seja porque o leão, apesar de tudo, ainda impressionava, ou porque naquele momento o palhaço, com sua bengala, cutucava o traseiro do pobre animal que saltava do tamborete e, desesperado, corria pelo picadeiro – quem não correria assim de bengala espetada no rabo?

Na manhã seguinte, Simão acordou e encontrou, na cômoda, um bilhete da mulher. Dizia: "Perdão, perdão. Tu não mereces esta pobre pecadora. Adeus para sempre".

Era uma frase copiada do almanaque "A Saúde da Mulher".

Soube-se, depois, que ela fugira com o domador de leões, certamente encantada com o estalar do chicote e o bigode preto de tanta tinta e carvão. Um escândalo. Pior do que isto: foi abandonada logo na primeira cidade. O domador deixou-a no "Hotel do Comércio" e foi embora com o circo e seu leão sarnoso de estima velha e companhia certa. Desesperada, terminou no bordel bordelando com o mundo.

Era o que contavam. Os homens faziam planos: passar uma noite com ela, tão gordinha, as coxas bem grossas, ar pidão e faminto – que mulher, Santo Pai! – e pálida como em véspera de enterro.

Na verdade, nunca foi vista. Nem para o bem, nem para o mal.

De Simão, porém, sabia-se tudo. Envergonhado de tanta vergonha, fugiu para o mato, que o mato era grande, sem princípio nem fim. Vivia numa toca, comendo raízes. A barba crescera, os cabelos iam até a cintura. Falava com os bichos. Era o que contavam, por saber ou por imaginar o contado.

Às vezes era visto numa estrada, passando rapidamente. Escondia-se logo. Assombração de encruzilhada requerendo benção e Padre Nosso.

Almerindo pensava em Simão. Poderia, também, fugir para o mato, viver com os bichos. Tentou, mesmo, passar sem comida, mascando raízes que deixavam gosto ruim e fome terrível. Não agüentou: à noite a fome era tanta que desistiu da experiência e comeu enorme pedaço de carne. Com feijão. A mãe deu-lhe um piparote:

– Come que nem bicho, esse animal...

Encolheu-se todo, fugindo do golpe. Mesmo assim, encheu outro prato de feijão com farinha de mandioca, que devorou todo, faminto que estava de tanta fome.

Desistiu do mato. Pensou no circo, andar com eles pelo mundo, conhecer cidades, terras e até o mar. O pai, que diria? Certamente nada. Apenas aquele: "Hum... hum...". A mãe, coitada! Ia sofrer, sofrida que era. Tininha – nem te ligo! – já era mulher feita. Andava de namoro firme. Aos sábados a mãe arrumava a casa e eles eram obrigados a ficar por ali, fazendo sala, cuidando não sabiam o que nem porquê. E quando saíam, mesmo que fosse por um instantinho, a velha gritava lá da cozinha:

– Que silêncio é esse? Ninguém fala? Perderam a língua?

Os namorados riam, de riso nervoso. O pai provocava:

– Assombração! Ô assombração! Vai pra sala, vai já! Assombra aqueles dois antes que façam bobagem...

E: Ah! Ah! Ah! – que não era riso nem nada, mas um som de quem engole água e se engasga muito engasgado.

Almerindo ia, remoendo raivoso aquela raiva grande, pensando numa idéia assassina sem pé nem cabeça.

Inútil. O pai tinha o "corpo fechado". Não havia acontecença que lhe atingisse, por mais que fizesse e tentasse. Juca, entretanto, contou-lhe uma história muito engraçada. O irmão mais velho acabara de terminar o noivado. Deixou a noiva e desapareceu. Seria caso igual a peça dos burlantins, aquele que ficou velho na mesma noite? Surpreso, indagou:

– Fugiu pro mato?

– Não. Pior do que isso, foi pra cidade...

Almerindo não entendia porque isso era pior. Mas não perguntou, nem questionou. Tinha idéias. Mas sabia, por experiência própria, que elas nunca eram bem sucedidas. Calou-se, pois, aguardando. Era melhor. A explicação viria e primo Juca explicou:

— O Adão — te lembra dele? — era quase noivo, coisa firme, de compromisso certo. Uma noite aconteceu uma coisa muito triste. Tão triste de entristecer tudo. Era sábado. Ele se arrumou e foi de visita. Acontece que choveu barbaridade. E o Rio Fundo, de tão fundo é perigoso, por isso se chama assim. Então os pais da noiva — eram quase noivos — disseram: "Fica, posa aqui, tem lugar, dorme com o menino, fica, é tarde, com esta chuva, um perigo, o Rio Fundo já cresceu, não dá passo, a várzea está cheia, não dá caminho" — e o Adão, meio desconfiado, a noiva ali, de risinho estranho, muito corada, ele pensando: "Aqui tem coisa e, quem sabe, coisa braba, vai ver pego moça furada e me comprometo". O Adão, tu sabes — ele não sabia — é desconfiado de desconfiar da sombra, por que tanta insistência? Mas o tempo estava ruim mesmo, água caindo pelos quatro cantos do mundo que não acabava mais. Resolveu ficar e ficou, coitado, mal sabendo das acontecenças que viriam.

Não havia mal no convite. Tudo certo e direito. Os pais da noiva — eram quase noivos mas não eram ainda —, gente boa que temia noite chuvosa em rio de cheia, estavam com medo. Cuidavam do rapaz — não fosse perder-se naquela água que, de tão grande, juntava terra e céu. Desconfiado era ele, sempre foi. O Adão é assim. Enganava-se: moça direita estava ali, aquele jeitinho triste, meio acanhada, acho que agora encalha mesmo, depois do que aconteceu, mas quem ia adivinhar? Pois colocaram o Adão nos fundos, num quartinho que só dava passagem para fora passando pelo quarto dos velhos, e altas horas da noite, imaginem só! O Adão sentiu a bexiga cheia, ardendo de tanto mate chimarrão que eles ficaram tomando a noite toda, sabe como é, não é? Pois é. Conversa puxa conversa, a chuva batendo, o tempo comprido de não acabar. E agora o Adão, que é muito acanhado, não sabia o que fazer, nem como, para ir lá fora passando pelo quarto dos velhos – ele e ela –, de que jeito? Mas ele é esperto, que de esperteza tem muita com artes que nem o Demo tem. Pensou e pensou muito. Aquela cabeça é boa e o pai sempre dizia: "Se tivesse estudo seria doutor".

O Adão viu o menino, quase cunhado, ali na cama, dormindo embalado e quieto: teve uma idéia. Só que ele foi sem sorte, que o diabo, quando não é hora, faz das suas. Coitado: assim terminou o namoro meio noivado. Também, ele já não agüentava mais, a bexiga quase estourando. Então, com aquela idéia meio cachorra, coisa do Demo – quem faz aqui, aqui paga. Pegou o menino, bem devagarinho e trocou de cama com ele. Deitado na cama do garoto – não sei se ele se deitou ou não, acho que não, para quê? Necessidade não havia – urinou à vontade. Foi mijada grande, contou depois, enorme, um mundo, tu imagina que durou tempão desse tamanho. Sacudiu o negócio três vezes, porque se a gente sacode mais tu sabes, não é? E depois pegou o menino de novo e botou na cama, rindo todo sem rir, assim por dentro e pensado: "Amanhã o coitado apanha que nem cachorro pra mó de não mijá mais na cama". Maldade. E se riu de tanto rir, me contou depois, que quase se mija de novo ali mesmo, de pé que nem bêbado. Suspirou fundo e riu de novo. Por que ria tanto? Um demônio pedindo castigo e castigo veio logo. Aí, então, bem descansado, voltou para sua cama. Mal se deitou e teve aquele choque, sentindo coisa mole e de mau cheiro: a cama estava toda suja, um horror. O menino, desgraçado, estava mal da barriga e, na cama, via-se a arma do crime, esparramando-se pelo lençol branquinho, que a mãe da noiva pusera ali para agradar futuro genro. O Adão me contou que era um churriado louco, ia de alto a baixo e ele, é claro, espalhou ainda mais, cagando-se todo – que coisa não é? Castigo de Deus ou artes do diabo. Pois é. Que fazer? Nada. Melhor dito: fugir e fugir foi o que ele fez, podia mais o quê? Como saiu? Não sei. Não me contou. O certo é que desapareceu pelo rio de chuva e nunca mais voltou. Dizem que até hoje, quando se fala no assunto, a mãe da noiva chora. Mas o pai, esse ri baixinho, matreiro, achando o acontecido fato de muita arte. Condena o noivo, é claro. E justifica:

— Foi melhor assim. O homem, parece, sofria do estômago. Era dado a isso... Não se agüentava bem das pernas... Marido se soltando na cama na hora dos vamos ver, já se viu?

...e ria escondido, que a mulher não agüentava a desgraça...

E assim primo Juca terminou a história, que ele era de contar num falar sem fôlego.

Almerindo ouviu com muito interesse, mas interesse outro, pensando logo numa idéia assassina: fazer aquilo na cama do pai. Uma cagada e tanto. Riu. Por quê não?

A idéia parecia boa e, sobretudo, muito simples. Na prática, porém, mostrou-se complicada. Onde conseguir algo substancioso? Precisava de uma quantidade bem grande, apreciável e, ao mesmo tempo, compacta e fresca. Existir, existia, mas transportar como? Eis o problema: "fazer" na cama do velho, impossível. Não tinha como chegar lá sem ser visto.

Almerindo concluiu, mais uma vez, com tristeza e pesar, que na vida as coisas eram extremamente difíceis. As idéias vinham, é verdade, mas logo desapareciam: era um vir e ir constante na cabeça: as idéias não ficam ali, não viravam coisas e fatos. Pensou no caso: uma boa idéia – era de rir –, mas como levá-la? Quem sabe um purgante, quem sabe? Isto era simples: inventava uma dor de barriga e lá vinha a mãe com óleo de rícino. Terrível. Um sacrifício muito grande. Impossível. Não compensava. Pensou, então, em bosta de cavalo, ou de vaca, ou de porco, que esta fedia mais. O efeito não seria o mesmo e, além disso, apontava logo o culpado: ele. Bosta não caminha... Bosta andarilha, quem já viu?

Primo Juca gostou da idéia. Mas também não encontrava solução prática. O problema, pois, era aguardar uma boa oportunidade. O plano dependia de vários fatores. Em primeiro lugar, o horário. Não poderia ser muito cedo. A mãe, ou as irmãs, sentiriam logo o cheiro. E tudo cairia por terra. Tinha que ser feito à noitinha ou, então, num domingo de festas, quando o pai vinha "meio alto" e logo se deitava. Mas isso era difícil. Outro problema: o transporte. Como levar a coisa até o quarto sem despertar suspeitas? Empacotar, de que jeito? Logo perguntariam: "O que é isso menino?". A mãe, então, tomava o pacote, abria. E tudo ali, caindo, esparramando-se. Terrível. Nem era bom pensar...

A nova idéia, pois, desmoronava-se na prática. Tão simples: merda na cama. Tão difícil: como arranjá-la? E como transportá-la?

Almerindo esqueceu a idéia. Ele era de ódio rápido, de raiva ligeira.

O tempo foi passando, foi indo e se foi...

...até que um dia mataram o porco vermelho, por apelido "capão rabudo", ninguém sabia porque – quem sabe dos nomes de bichos e de gente? "Capão Rabudo" estava gordo. Nem se movia. Era tempo. E isto, como sempre, significava grossa festança. Foi o que aconteceu. Assado, fervido, torresmo, rabo e perna no feijão – tudo se comia. Uma delícia, especialmente o torresmo, aquela gordurinha torrada estalando na boca e que Almerindo foi comendo, comendo, comendo, assim pura, enquanto o pai trabalhava, a mãe no tacho e as meninas iam fazendo lingüiça, enchendo tripa, tanta andança que gente pouca parecia muita.

Acontece que o pai, nessas ocasiões, trabalhava bebendo pinga, que matança de porco é mais festa que trabalho. Lá pelas tantas, tornou o passo lerdo, o corpo velho bamboleava, a cabeça ia baixando, o queixo escorado no peito.

De repente, Almerindo lembrou-se da idéia, justamente na hora em que seu estômago, doendo terrivelmente, dava voltas e mais voltas, roncando ronco estranho. Prometeu a si mesmo nunca mais comer tanto torresmo. Sentia-se mal, suando um suor frio. Sabia o que fazer. Caminhou para o matinho apressado, apressado. Sentiu que nunca chegaria. A distância aumentava: artes do Demo. E o Demo, certamente, deu-lhe a idéia. Então, matreiro, olhou ao redor. Viu a mãe longe, atarefada, as meninas ao redor, comendo, bulindo, gritando. O pai, sentado num banco de madeira, enrolava um cigarro, a cabeça molenga, daquele jeito babão que ele bem conhecia.

Voltou, rápido, para casa – como podia andar, assim apertado, tão ligeiro? Entrou no quarto. A cama estava ali, bem posta, que a mãe era de muito capricho em coisas caseiras. Fechou a porta. Antes espiou, preocupado: ninguém. Ergueu a colcha. Sentiu um pouco de pena, um certo remorso, vendo lençol tão branco, bem engomado, coisa da velha. Vacilou um minuto apenas, um minuto, logo tirando as calças – também não se agüentava mais – e, sobre a cama limpa... Que pena! Foi aquilo. Estendia-se, mole, de ponta a ponta, parecendo lagoa barrenta depois que a enchente se vai. Tenebroso. Ainda bem que a cama era larga. Não houve erro de olho.

Cobriu tudo ligeiro. Não podia demorar. Surgisse alguém e estaria perdido. Como explicar o inexplicado? Na certa, seria morto a pauladas. Nada menos que isto.

Saiu ligeiro e correu para o matinho. Precisava limpar-se. A menor suspeita e o plano se voltaria contra ele. Um perigo.

De passagem, viu o pai erguer-se, cambaleou um pouco: bebera demais. Aprumou o passo, fingiu-se firme sem firmeza, e entrou em casa. Disse qualquer coisa. Ninguém ouviu, a mãe continuou trabalhando até tarde. Almerindo, não mais que de repente, tornou-se ativo. Trabalhava, caprichoso, querendo ajudar em tudo. A mãe estranhou:

— Que bicho te mordeu pra trabalhar assim?

Ele riu:

— Ora, mãe... ora... ora...

E não disse mais nada.

Aguardou, a espera do pior. Sabia o momento, a hora temível. A mãe, terminado o trabalho, deitava-se também. Era o hábito, a sesta. Então ela veria tudo. Talvez mesmo antes, porque a fedentina já se alastrava pela casa, potente, sólida, aterradora.

Aconteceu antes do tempo.

A mãe notou: havia algo estranho, que do porco não era. Abriu a porta do quarto e berrou um berro alucinado que assustou o mundo:

— Porcalhãooooooo!

E depois de um tempo tão grande que não passava mais, resignada falou:

— Era só o que me faltava... Bebe tanto que se solta todo. É a maldição da minha vida.

Exclamou-se em voz de choro sem lágrimas:

— Que pecado cometi, meu Santo Deus, para sofrer tanto e tanto...

E assim, desolada, saiu do quarto.

O pai levantou-se logo. Deu-se conta, então, do que acontecera. Acabrunhado foi para o riacho e lavou-se todo. A mãe, agora em silêncio rancoroso, mudou a roupa de cama. O velho voltou quieto, cabisbaixo. Durante muito tempo não falou. Deixava-se ficar ali, pensativo, enrolando cigarro após cigarro. Não bebeu mais.

Um dia Almerindo, esquivo, passou perto. O pai chamou:

– Vem cá!

Apavorado, pensou consigo: "Descobriu tudo".

Mas não. Ele disse apenas:

– Trata de crescer. Estou ficando velho. Nem me seguro mais... Tu é o homem da casa...

Almerindo fugiu.

Sentia uma coisa estranha, um aperto enorme no coração, na garganta.

Escondeu-se no fundo do quintal e começou a chorar.

Foi sua última idéia assassina. E nela sentiu-se ferido, de ferida enorme, assim por dentro.

Episódio 8

Uma lembrança escolar

O tempo era o tempo. E passou. Andava sem que ninguém visse. E assim foi. Até que um dia sentiu na casa um ar de conspiração. Almerindo sabia, por experiência própria, que algo estava acontecendo. Esforçava-se, então, para andar na linha, não cometer erros e trabalhar a contento. Isto significava esforço dobrado e, no seu caso, atenção especial. Cometia erros. Atrapalhava-se. Não raro, entre duas vacas, uma para a ordenha outra para o pasto, errava a direção, trocando os animais. O resultado era fatal: ficavam sem leite para a venda e o italiano do caminhão berrava, lá da porteira, com voz potente:

— Putanos! Dove Ia Iate?! Putanos...

Prejuízo para todos.

E ia embora, gritando grito que se perdia na estrada. Almerindo pensava em longas viagens e cidades bem maiores que seu pensamento podia pensar. Olhava tudo com atenção redobrada, recuando um pouco, como quem faz pontaria. É que descobrira algo muito importante: de longe via melhor. Perto, pessoas e coisas misturavam-se, trocavam de lugar. A princípio pensou que o mundo era assim, movediço. Mais tarde teve certeza absoluta de que eram artes do Demo. O Demo era dado a isso, perseguidor. Agora, porém, já crescido procurava apenas acertar: uma dificuldade. Então recuava alguns passos, regulava a distância, mirava bem e fechava os olhos. Durante algum tempo tudo andou melhor. Sentiu-se feliz. Descobrira o caminho certo de viver com o mundo. Um dia começaram a acontecer coisas. Não apenas havia a troca de lugares, aquele estar aqui e depois ali. Agora os objetos simplesmente desapareciam. Mais tarde – pior ainda –, eram substituídos por outros. Em lugar da panela, agarrou firme o Bibiano, gato velho que era estimação da mãe e vivia dormindo a sono solto. Um desastre. O bichano berrou louco, arranhando-lhe as mãos. Desconfiou que não eram artes do Demo. Algo bem mais sério estava acontecendo – e ficou atento, olho fechado, mas não tanto: espiava. E foi assim que descobriu: Tininha, muito sapeca, mudando coisas tão logo fechava o olho. Perigo imenso: ficava exposto a erro maior e desastre fatal. Abandonou a nova técnica e tratou de agir com mais atenção. Sabia que, às vezes, mirando um pouco a esquerda, terminava pegando o objeto à direita: um suplício, tal e tão grande esforço. Havia momentos em que todo cuidado era pouco, especialmente quando a casa tomava aquele ar sério, com o pai e a mãe falando pelos cantos ou, então, o velho na cozinha, fumando pensativo e ela cozinhando – os dois pensando pensamentos sobre coisas que ele – Almerindo – deveria fazer. E não fazia. Era com ele, sobre ele. Tinha certeza. Andava, pois, com extremo cuidado. Qualquer erro poderia desencadear tormenta feroz. A vida era difícil e traiçoeira, se era!

A tormenta veio no dia seguinte, pela manhã. Mas não era tão grave assim. O pai disse apenas o que sempre dizia, de poucas palavras era ele:

– Levanta!

Levantou-se, ainda sonolento: era cedo. Correu para a gamela, lavando o rosto ligeiro, evitando atraso perigoso. A mãe, porém, lá estava a sua espera e, ao invés de água simples, tomou verdadeiro banho com esfregão e tudo. Foi limpeza geral, incluindo orelha e unha, coisa dolorida e difícil. Agüentou firme, pois sabia muito bem que reclamar era inútil. E pior.

Vestido como em dia de festa, lá se foi Almerindo pela mão do pai. Ia faceiro. Gostava de roupa nova e botina rangedeira. Deram-lhe uma sacola, feita de pano, com alça grande, que ele colocou a tiracolo, entre desconfiado e contente, pois aquilo era novo e bonito. Na sacola, caderno, livro e lápis de ponta feita.

Caminharam muito tempo, mais de uma hora e, por fim, chegaram a uma chácara. Na porta da casa viam-se cavalos, petiços, burros e três charretes. Muita gente, sobretudo crianças. Meninos e meninas. Almerindo pensou: "Que coisa! Será que no mundo tem mais gente pequena do que gente grande?". Uma surpresa. E imediatamente começou a maquinar planos, alguns bem sinistros, tal como afogar os velhos no açude grande e ficar o dia todo brincando solto no campo.

Logo deixou de pensar. O pai estava dizendo e ele ouvindo:

— Este é o menino. A senhora puxe por ele. Não poupe a palmatória. Ele é muito arteiro, até parece que tem parte com o Demo, Deus que me perdoe, mas é isso, sim senhora...

...e não falou mais nada, que falar demais requeria ciência: de onde tirar tantas palavras?

Na porta, de braços cruzados, imponente, a mulher olhava. Era alta, enorme, gigantesca. Tinha um olho só, o direito. O esquerdo era fechado pela pálpebra, que às vezes ela erguia a muito custo, retesando os músculos do rosto. Falou com voz grossa, tão grossa, que Almerindo pensou: "É homem". E ela:

— Capeta é comigo mesmo. Endireito na palmatória ou entorto no relho. Comigo não tem!

Não tinha o quê? Almerindo nunca soube. Ela agora estava rindo um riso grosso, rindo por dentro, engraçado e estranho: não abria a boca. Os lábios se afastavam deixando aparecer a dentadura. E antes de fechar a boca, parte dos dentes se movia, estalando. Um estalo sinistro. Então — nesse momento — é que se ouvia o riso, lá em baixo, distante, na garganta. Não. Não era bem isso: a barriga é que estava rindo, via-se pelo movimento. Seu corpo, grandalhão, enchia a porta. O pai disse, apenas:

— Hoje eu ainda venho te buscar. Depois...

...e mais não falou, falar o quê? Despediu-se, respeitoso:

— Até logo, Dona Lucila.

E saiu a passo largo.

Almerindo, vendo-se ali, sozinho, correu atrás, gritando desesperado: "Paiê! Pai!".

O homem voltou-se, espantado:

– Fica aí, bobalhão!

E ele ficou, certo de que estava só no mundo, enfrentando, enfim, a vingança do pai por tudo quanto fizera.

Uma sineta tocava, igual a sino de igreja, e todos iam entrando. Na porta, Dona Lucila vigiava com seu olho caído.

– Os atrasados ali, daquele lado.

E apontou um canto.

Almerindo soube, então, pela primeira vez, que era *atrasado*. Não estava só.

Sentou-se como todos. Era fazer o que os outros faziam. E ficou esperando.

Nada aconteceu.

O pai veio buscá-lo.

Voltou dois dias depois, agora sozinho, pensando que a escola, afinal, era uma inutilidade.

Bem cedo, porém, descobriu seu engano.

Dona Lucila, agora, não ria, nem mostrava a fileira de dentes rangedores que se moviam na boca. Ao contrário. Carrancuda e severa, empunhava a palmatória, um instrumento de madeira, cabo longo, parecendo colher de pau, porém chata na ponta com furinhos no meio. Um terror.

Dona Lucila bradava:

– A mão direita. Abre, bem aberta.

Ele abria, que fazer?

E a palmatória batendo: uma, duas, três vezes.

– Aprende! Ou dose dobrada.

Dose dobrada eram seis "bolos" de palmatória – em cada mão.

Voltava para casa triste, planejando vinganças terríveis. Sofria.

Mas continuava na mesma lição. Empacava, desesperado. As letras eram difíceis, confusas, mistura que jamais entenderia:

Vi – o – ovo.
Vi – a – uva.
Ovo – Uva – Ave.

Ia bem até o ovo. Na uva, gaguejava. Na ave, parava.

Problema era o dedo, tinha certeza. Almerindo apontava uma palavra, e lia outra. Trocava tudo.

Dona Lucila, a princípio, pensou que era engano, depois burrice, por fim birra mesmo, teimosia por teimosia. Era isso. Mas não com ela, domadora de potro chucro.

– Aqui!

Almerindo, desesperado, mudava o dedo ligeiro, e continuava soletrando. Logo, porém, o olho via uma coisa, a mão apontava outra – e o coitado:

– Vê, i: vi – U, vê, a: uva.

E o dedão no ovo e dona Lucila uma fera, agora erguendo Almerindo pela orelha e berrando:

– Na frente, de joelhos.

Lá se ia Almerindo para o canto da sala, onde, sobre grãos de milho, ajoelhava-se, conformado, certo de que o mundo não fora feito para ele. Leitura, para que leitura? E ler, ler o que, e porquê...

Pensou em pôr fogo na escola. Pensar coisas era o seu forte. Não era difícil. Fazer, sim, era o problema. Requeria trabalho grande: gravetos, lenha, fósforo – um tempão. Fazer coisas era o seu fraco. E Dona Lucila morava lá mesmo, com o marido, seu Fidelis, velho tísico, tocador de rabeca e safado: aproveitava-se para passar as mãos nas coxas das meninas.

Deixou de lado a idéia do incêndio. Era difícil e perigoso.

Havia na escola outro menino. Estava sempre de castigo: Clementino. Na desgraça, tornaram-se amigos. Ele era baixinho, gordote, muito vermelho. Ao contrário de Almerindo, Clementino sabia sempre a lição: estava na classe dos adiantados. <u>Ovo</u>, <u>uva</u>, <u>avô</u>, <u>velha</u>, <u>batata</u> – especialmente <u>batata</u>, vejam só! –, sabia tudo. Tabuada, andava já na do oito, multiplicando na ponta da língua, o que fazia Dona Lucila sorrir mansinho, satisfeita, olho caído e a barriga rindo naquele gorgulho estranho.

Mas Clementino tinha um hábito: vivia correndo atrás dos meninos, especialmente dos menores, gordinhos, rosados, de pernas grossas. Era um Deus nos acuda. E eles reclamavam:

– Professora! O Clementino está passando a mão na minha perna.

E Clementino, cínico: "Eu? Mentira, seu mentiroso".

Dona Lucila ralhava, tolerante com seu aluno predileto. Não se dava conta do problema. No recreio, Clementino ficava com os menores, falando baixinho, prometendo coisas, bolinando pelos cantos.

Lucila era ingênua. Mas não tanto. Por fim, percebeu tudo. Seu Fidelis, que sabia das coisas e de pernas entendia tudo, abriu-lhe os olhos. Melhor dito: o olho, que um deles quase não se abria. Apavorou-se. Pensou em chamar os pais, ter uma conversa, explicar. Achou, porém, empreitada difícil, quase impossível. Sentia vergonha. Não tinha palavras: delas não sabia para tanto. Resolveu, muito prática, afastá-lo dos meninos. Era simples: Clementino ficaria na sala, sem recreio e sem oportunidades bolinatórias. E assim foi feito. Hora de recreio, ela rosnava:

– Clementino! De pé, na frente. Próxima lição: da <u>batata</u> até <u>casa</u>.

E lá ficava ele, sem entender o porquê do quê. Maquinava, pensando pensamentos que se desmanchavam logo.

Um dia aconteceu algo incrível.

Clementino ficava no estrado, em pé, ao lado da cadeira.

Dona Lucila entrou, pesada. Estava cada vez mais gorda, o rosto reluzente. O olho caído já quase não se via, misturando-se com a pele flácida.

Bateu palmas. Duas vezes. Era o sinal. Sentaram-se todos. E quando ela também foi sentar, Clementino puxou, rápido, a cadeira.

Ouviu-se aquele enorme estrondo. Parecia um trovão: imenso. A mulher estatelou-se no chão, resvalando para baixo da mesa, as pernas batendo, vermelhas, varizes a mostra, a calcinha – ou calçona? – aparecendo, ou não era bem isso? Estava sem? Era o que todos diriam mais tarde: sem. E todos em pé, gritando ao mesmo tempo, numa algazarra infernal: rebuliço, rebordosa, revolução, re... Logo depois começaram os risos, que foram crescendo numa gargalhada só. Clementino, muito amável, bem educado, pedia socorro:

– Acudam! Acudam! Aqui... Coitada... Professora, a senhora está bem? Está bem? Quebrou alguma coisa? A perna? Quebrou?

...e apalpava aqui, apalpava ali, mergulhando as mãos na carne branca e fofa. Ajudava ou bolinava? Quem sabia, quem diria...

Dona Lucila, finalmente, ergueu-se. Foi um erguer lento, vagaroso. Tempão enorme. Arrumou o vestido, ajeitou o cabelo. O olho caído – incrível! – estava aberto. Enorme. Brilhava, aquoso e feroz. Fixou a classe, pela primeira vez com dois olhos. Um espanto.

Silêncio de morte. Os dois olhos – milagre – percorreram a sala. Silêncio, mas que silêncio! Podia-se ouvi-lo, até. O corpo imenso voltou-se para Clementino, ali parado, e sentenciou trovejante:

– Expulso! Expulso para sempre.

Clementino, porém, era de bom expediente: abriu os braços com ar de cínico espanto, perguntando:

– Eu? Eu? Mas por que, professora? Por quê? Eu quis ajudar. Olhe aqui! Olhe! Veja o que fizeram! Veja só!

E pegou a cadeira, mostrando para a aula:

– Olhem o perigo, olhem só! Perigo!

...gritava, agora com ar alucinado, embora na boca se pudesse ver um riso cínico e safado – de safadeza aquele corpo estava cheio.

Todos viram: um prego enorme fora atravessado no assento da cadeira e a ponta, reluzente, bem aguda, estava ali a mostra. Quem sentasse... Clementino insistia:

– Veja, professora. Veja! Como é que ia deixar a senhora sentar nisso? Como é? Eu salvei a senhora, não salvei?

Dona Lucila baixou a cabeça. Clementino insistia, vitorioso:

– Isto é ingratidão. Salvo sua vida e sou expulso.

Choramingava, repetindo: "Ingratidão. Ingratidão".

Dona Lucila, cabeça baixa, confusa de pensamento: fazer o quê?

A aula inteira olhava: Clementino, a cadeira na mão, o prego ali, brilhando – e ele, ar matreiro, meio rindo, meio chorando, a dizer:

– Não fiz bem? Não fiz bem? Tirei a cadeira justo na hora...

O olho caído tornou a cair. A velha murchou, curvada ao peso da carne balofa. Falou e a fala era um ronco. Mal entenderam:

– Hoje não tem mais aula.

E todos foram para casa. Saíram em silêncio para rir depois e ir contando aquela história que ninguém acreditava. Verdade que se fazia mentira.

Da escola foi a única coisa que Almerindo guardou: Dona Lucila, a cadeira, o prego brilhando, a calcinha aparecendo – aquilo preto era a calcinha, calçona ou? – e Clementino, com seu ar cafajeste, mistura de riso e choro. E o olho, o olho caído estava aberto. E brilhava, enorme.

Episódio 9

Um futuro promissor

As aulas continuaram sem novidades. A vida era a vida. Andava de andar lento e sempre.

Dona Lucila tornou-se mais tolerante. Esperavam, todos, vingança terrível. Mas ela, ao contrário, não fez nada. Engordava, apenas. Clementino não foi expulso. Deixou o castigo permanente e voltou ao recreio, atormentando os meninos.

Almerindo, agora poupado da palmatória, não maquinava planos de vingança. Pensava menos. Vingar o quê?

A palmatória ainda funcionava. Sem ela, que aula haveria? Mas Dona Lucila parecia alheia a tudo. Engordava, roliça. Seu Fidelis já não tocava rabeca nas festas. Não havia festas. Agora as meninas é que abusavam dele, cantarolando:

Quem viu... quem viu...
seu Fidelis tem...
o que é que tem?

quem viu... quem viu...
um soldado velho
no meio das pernas
quem viu... quem viu...
sentado num saco vazio.

Histórias.
Quem inventou isso? Quem?
As meninas tornavam-se mocinhas. Cresciam. Dona Lucila, de quando em quando, avisava com sabedoria mãe desprevenida:

– Olha. Esta chegou no ponto. Está diplomada, pode arranjar marido, antes que faça bobagem. O "incômodo" veio ontem. E veio forte, de parideira boa.

Os meninos logo sabiam de tudo, num estranho processo de informação que percorria a escola de ponta a ponta: A Josefa não vem mais. Está com o "boi".

E Josefa desaparecia, mulher feita.

Almerindo passou pela lição da *uva*, do *ovo*, do *avô*, do *dedo-dado* e foi adiante. Um vencedor. Parou, entretanto, na *batata*. Não conseguia soletrar. Palavrinha difícil. Gaguejava, suando, apontava o dedo no lugar errado, lia outra palavra, a palmatória ressurgia, batendo forte. Dona Lucila parecia voltar a seus velhos tempos, irada, enérgica:

– Vamos, Almerindo. Vamos.

E a palmatória, agora mais fraca mas ainda palmatória, batendo firme.

Almerindo não ia. Ela:

– Vamos! Repete: <u>Be – a : ba; te – a : ta; te – a : ta</u>. O que é que faz?

Ele, coitado, repetia compenetrado:

Be – a : ba; te – a : ta; te – a : ta.

Emperrava, suando frio.

A professora animava, ameaçadora:

– Vamos! O que é que faz?

E Almerindo desesperado:

– Ploploque.

– O que é que faz Almerindo?

Ele, muito sério:

– Ploploque.

Batata era batata. Mas, soletrada por Almerindo, virava ploploque: artes do Demo.

Dona Lucila desistiu. Possuía senso prático. Ali, no interior, o importante era aprender o que fosse possível. O resto seria na escola da vida. Tinha pena de Almerindo, se pena houvesse naquele coração. Ele demonstrava boa vontade, esforçava-se. Queria ler, descobrir coisas. Era curioso, fazia perguntas. Inútil, porém, insistir. O menino não passava daquela palavra: batata. Barreira instransponível. O limite.

Chamou o pai, que pai chamado era o remédio final.

– Seu filho está pronto.

– Sabe ler?

– Mais ou menos...

– Escrever?

– O suficiente. Assina o nome.

– E contar?

– É bom de conta. Conta até cem... pra que mais?

E acrescentou, judiciosa:

– Se precisar contar mais de cem, é sinal de riqueza e rico tem quem conte...

— Será que ele pode ser alguma coisa na vida?

Estranha pergunta – pra que ser o quê? Quem se preocupa? É viver e morrer.

Dona Lucila pensou um pouco. Tinha um certo senso de humor. O marido, seu Fidelis, fora deputado republicano. Convivera com políticos, morara na capital, tivera seu tempo. Agora estava ali, naquele fim de mundo, ensinando matutos a soletrar <u>ovo</u> e <u>uva</u> numa cartilha precária e ainda um olho que se escondia, fechando por conta própria. Azares da vida. Respondeu, pois, tranqüila:

— Tem futuro... Com o que sabe pode até ser político...

— Político?

— Sim senhor. Por que não? Por acaso político precisa soletrar <u>batata</u>?

O pai não respondeu nada. Não sabia bem o que era um político. Mas sabia o que era batata. E isso era importante. Limitou-se a concordar. E levou Almerindo para casa. Embora confiasse muito na professora, não conseguia ver grande futuro para o filho. Mas quem sabe? Deus é grande.

Conformava-se.

Batata.

Episódio 10

Uma experiência dolorosa

Almerindo arrastava-se, curvado. A perna, coberta de sangue, doía, e o talho, fundo, mostrava a carne viva. Jogara, sobre a ferida, um monte de terra, na esperança de estancar o sangue. Pelos braços, escoriações e pisaduras. O joelho estava aberto e via-se, bem nítido, o sinal da pata.

Sentou-se, trêmulo, e descansou. A casa estava perto e as meninas, que sempre andavam por ali, brincando e correndo, agora não apareciam. Pensou em gritar, pedir socorro. Mas não tinha forças. Nem coragem.

Levantou-se, novamente, a muito custo. A perna arrastava-se, molenga. Tinha quebrado, sem dúvida. E um medo apossou-se de Almerindo: ficaria perneta, como o velho Anselmo, ou capenga, pior ainda! Sentia-se desgraçado de tanta desgraça. E sede, que sede! Não havia água no mundo para tanta!

Chegou, por fim chegou. Bateu na porta, que se abriu de repente – e Tininha, com espanto, perguntou num grito só, e que grito:

– Deus do céu! Que foi isso?

A mãe veio correndo, desesperada, ouvindo gritos e choros. Almerindo tentava explicar o difícil de explicar:

– Caí... o cavalo... caí do cavalo...

Chamaram Tio Santo, que enfaixou a perna e deu-lhe, depois, um chá forte, bem preto, informando:

– Com isto ele dorme que nem porta.

...e ninguém sabe como e porque uma porta haveria de dormir...

– O pai comentou, comentário que era risinho de amargo desprezo:

– Praga! Nem sabe montar... Parece baiano...

Era o supremo insulto.

Almerindo adormeceu, a mãe rondando perto, farejando desgraça. Agarrava o seio flácido, envelhecido, inútil.

Almerindo acordou tarde, sol bem alto, com muita fome. Confirmou a história, procurando explicá-la com detalhes e razões:

– Uma cobra enorme, desse tamanho, saltou na frente. O cavalo assustou, empinou, caí desprevenido...

Abria os braços: a cobra – e mostrava o tamanho, agora já faltando braços. Com o correr do tempo ela foi crescendo, crescendo, crescendo. Adquiria proporções de fantasia e mentira:

– Acho que era uma Sucuri...

...que Sucuri não havia, não havia naquelas bandas... Mas, quem sabe? Cobra tem parte com o diabo...

O pai ria, condescendente. A mãe preocupava-se, proibia as meninas de brincadeiras no mato, condenava o marido que não limpava o matagal "cheio de bichos peçonhentos. Preguiçoso ali estava".

Almerindo, agora sem dores, aproveitava a situação. Bem tratado, prolongava a doença gemendo dores que não sentia. Enganava. Menos, é claro, a Tio Santo, velho de muito saber e medicina certa que conhecia doenças e doentes. Chegou e foi logo dizendo:

— Levanta, que cama demais faz mal e pra safadeza não se tem remédio.

E, o que é pior, fulminou, para alegria do pai e prazer das irmãs:

— Te levanta, animal, que trabalho cura tudo.

E assim terminou a boa vida, que foi curta, pois todos esqueceram seus males.

Menos ele, é claro. Triste e desolado rondava pelos cantos. Escondia-se, cabisbaixo, certo de que sua vida seria sempre assim: um contínuo trocar de coisas. Queria fugir de si mesmo, esconder-se do mundo.

...mas a verdade verdadeira da história era bem outra, que ninguém soubesse nem descobrisse. Era isso que o tornava assim, tristonho de tristeza tamanha.

Almerindo despertou para o sexo quando todos despertam. Não há mais cedo nem mais tarde. Vem com o tempo e vai com o tempo, se for. Foi um despertar lento, envolto em palavras que pouco lhe diziam, informações esparsas, imaginação grande. Os primos contavam histórias, falavam de mulheres que viviam na cidade, eram lindas e abriam as pernas e nos meio das pernas — o que havia no meio das pernas? Almerindo mostrava-se indiferente, mas não tanto. Via as coisas a sua volta, é verdade, percebendo a relação macho-fêmea-nascimento. Mas isto não lhe provocava nada, pelo menos nada assim tão especial como falavam. Nem compreendia como alguém pudesse ter interesse em Tininha, embora ela fosse de corpo roliço, seios fartos e aquelas pernas que os primos olhavam com olho comprido e guloso. A mãe, é claro, cuidava sempre, e quando a irmã se escondeu no galpão com um deles, foi aquela zoeira: apanhou tanto que ficou de cama e nunca mais pensou em semelhante coisa. E se pensou não fez.

Depois o namorado, coisa firme e séria, aquele gringo enorme que sentava no sofá de palha, dizendo sempre: "*Si senhor, si senhora*". Às vezes os dois ficavam sozinhos naquele silêncio enorme que a mãe logo interrompia, gritando:

– Perderam a língua?

E os dois, embaraçados – ele gaguejando, alemão que era:

– "Non, non, si, si"...

Engraçado. Era de rir. Por que Tininha ficava tão vermelha?

Sexo para Almerindo era isso – e foi assim durante muito tempo, mistério falado e não sabido.

Um dia, porém, aconteceu algo estranho: era uma tarde calma, quente, de um calor abafado, mortiço. No ar preguiçoso nada se movia. E Almerindo, lá no fundo da mangueira, sentado à sombra do velho cinamomo, cochilava, alheio a tudo. De repente, naquela sonolência, viu as formas redondas, as nádegas lustrosas, indo e vindo, num balanço ondeado e mole. Depois, ela deu uma volta completa, fitou-o brejeira, moveu os beiços grossos como a mastigar qualquer coisa, e tornou a mostrar as ancas, num passo lento e provocativo.

Almerindo sentiu uma coisa diferente, assim por dentro. E no meio das pernas – era sempre no meio das pernas – começou a crescer, entumecendo, tal como acontecia à noite, quando se acordava, o coração batendo forte e *aquilo* duro, latejando, um soluço que não parava...

Ela deu uma volta, rápida, e as ancas rebolaram, provocativas. Almerindo quase teve um acesso: ia agarrá-la! Conteve-se, porém. Sabia por experiência dos primos, que não era assim. Devia escolher um local apropriado, um barranco, algo bem alto e protegido. Depois, era puxá-la com jeito, devagarinho e – zás! Metia tudo, até o fundo, bem no fundo, enterrava assim, assim...

...correu para trás do matinho, olhou ao redor. Não havia ninguém. Desabotoou as calças e começou a fazer o que nunca imaginara fazê-lo, mas fazendo o que todos faziam. Depois, aliviado, *aquilo* duro, *soluçando* na palma da mão até amolecer mole de morto. Era bom. Não fosse viciar, como diziam os primos, ou nascer cabelos na palma da mão...

Procurou revê-la. Inútil. Tinha partido ao anoitecer.

Esperou, ansioso, pela volta. Voltaria, sem dúvida. E voltou, dias depois, mais linda, mais lustrosa, mais provocativa. As ancas rebolavam, num ritmo lento e sensual. Almerindo pensou: "Será que metendo ela vai continuar assim se mexendo toda?" E outra vez correu para trás do matinho... Estava perdido. Viciado: era pensar e começar. Todo dia, à toda hora.

Naquela tarde ficou esperando. Era uma tarde quente, abafada, um tempo estranho, malemolente. E Almerindo, sentado à sombra, mascando um galho seco, a espera do entardecer para cortar lenha – quem poderia, com sol desse tamanho, erguer um machado? Deixou-se ficar, esperando o que nem sabia o quê. De repente sentiu que ela estava ali. Ergueu-se, trêmulo, o coração batendo na garganta. Onde levá-la? Onde? Precisava de um barranco, alguma coisa alta em que subir – precisava. Mas onde? Viu um toco de árvore. Alcançaria? Correu a buscá-lo. Pesava bastante. Arrastou com esforço. Um peso enorme. De onde surgiu tanta força? Que diria o pai se agora chegasse? Um pensamento horrível. Não se deteve, porém. Deter-se por quê?

Colocou o toco de árvore em posição. Ela afastou-se um pouco, sestrosa, provocativa. Empurrou o toco novamente, suando, agora já com raiva. E de novo ela se moveu, em direção ao riacho, sacudindo as ancas, aquela coisa linda, rebolante, lustrosa. No riacho parou, o pescoço esticado, bem liso, a penugem erguendo-se, aquele brilho de coisa nova. Bebia tranqüila, muito lânguida.

Novamente colocou o toco em posição. Não era muito alto. Mas, ficando na ponta dos pés, daria, sem dúvida – <u>tinha que dar</u>. Desabotoou as calças. Suava pelo corpo todo.

Então aconteceu o que tinha de acontecer, mas não como deveria acontecer. Ao contrário... Um azar tenebroso.

Havia em casa um burro velho chamado Ezequiel.

Era tão velho que já não sabia de onde viera, nem como veio nem porquê. Parece que o dono, desesperado, abandonara o animal, fugindo. Ora, fugir de um burro, quem diria?

Ezequiel tinha manias, era temperamental. Empacador, às vezes parava, as pernas tesas, fincadas no chão. Não se detinha em cercado algum. Escapava. Como? Era vigiar para ver. E ficaram de vigília, noite e noite – até que descobriram: Ezequiel abria a porteira com os dentes. Artes do Demo. Descoberta a manha, problema resolvido: prenderam o portão com arame farpado. Inútil. Dia seguinte Ezequiel pastava, tranqüilo, no campo. E dava-se, ainda, ao prazer de relinchar, chamando sobre si a atenção de todos. Burro inteligente estava ali. E desaforado.

Nova vigília, noite após noite – e eis que descobriram: o burro deitava-se no chão e, de arrasto, passava por baixo da cerca. Escapava, esperto. Era terrível. Um demônio. Não apenas comia o feno a ele destinado – avançava sobre a porção dos outros. Invadia roçado, devorando milho verde e até feijão em broto.

Tentaram vendê-lo. Impossível. O burro voltava sempre e, logo após, vinha o comprador reclamando a importância paga, às vezes em tom ameaçador.

Desistiram dele. Sem uso e sem jeito, ficou por ali, esquecido. Com o passar do tempo não criou mais problemas. Paz feita. Tinha uma virtude o animal: gostava de crianças. Com elas, prestava-se a tudo. Incrível. Subiam pelo rabo, ficavam em pé sobre o lombo para apanhar laranjas, andavam nele sem freio, arreio ou sela, puxavam pelo focinho, pelas orelhas – e Ezequiel sempre afável, às vezes zurrando alegremente, às vezes fingindo ameaça, brincando como se criança fosse. Não empacava. De tinhoso virava santo. Os velhos comentavam:

– Esse bicho tem miolo mole.

E assim foi envelhecendo, numa tranqüila vagabundagem. Conquistara seu lugar.

Almerindo sabia que o mundo das coisas era enganoso. Tinha plena consciência de que olhava uma e pegava outra. Mas, naquele momento, arquejando, suado, não pensava em nada. Afoito de afoiteza tamanha que nada viu nem olhou. Subiu no toco, bragueta aberta, afastou o rabo – quem diria de quem? – do burro Ezequiel e atracou-se como um louco, enquanto a potranquinha afastava-se num trote lento e sensual.

Ezequiel, surpreso, deu um salto enorme, coiceando tudo. Era algo que não espera na vida. Coice, mais coice e mordidas.

Almerindo, aparvalhado, caiu nas patas do animal errado, compreendendo que, mais uma vez, fora traído por seu olho torto. Escoiceado e ferido, resultado de um amor enganoso, sofria. E como!

Assim foi a primeira experiência de Almerindo no mundo do sexo.

Um desastre.

A vida não era fácil.

Episódio 11

Os visitantes

Almerindo curou-se, que na vida tudo se cura. Ou se morre. Manquejava um pouco da perna esquerda. O pai, aborrecido, foi categórico: via preguiça em tudo:
— Terminou a doença. Trabalho!
...e mais não disse e o que disse era suficiente.
Gemeu um pouco, resmungou, arrastando-se mais ainda, exagerando na capenguice. Inútil. O velho, intransigente, determinava:
— Tem muito serviço.
E tinha mesmo.
Almerindo, porém, continuou a gemer. Verdade ou fingimento, a mãe apiedou-se, que mãe é sempre assim.
— Pobre vivente...
Ficou nisto. Duas palavras e um suspiro fundo. Era muito.
O ponto final veio mais tarde.

Almerindo desistiu da potranca. Ao vê-la, sentia logo um medo grande e dores tantas que mal podia andar. Quanto ao burro Ezequiel, bem, era diferente: arquitetou uma idéia assassina para matá-lo. Já via o animal no chão, barriga inchada, cercado de urubus. O plano era simples: envenená-lo com enxofre, aquela coisa amarela que o pai queimava nos formigueiros. Mortal de morte certa.

O plano falhou. Ezequiel olhou a ração extra com desconfiança de burro inteligente que era. Nunca, em sua vida, recebera qualquer coisa assim tão grande e tão dada. Vivia ali, por sua conta, no pasto pastando, comendo nos roçados, vez por outra ração de milho escassa. E nada mais. Desconfiou, pois, tornando-se arisco, esquivo. Novidade assim, de tão boa, quem já viu? Ezequiel, muito vivo, fingiu-se de morto. Não comeu.

Almerindo abandonou o plano, pensando consigo: "No inverno ele morre de velho".

Não morreu.

Ezequiel tinha partes com o Demo.

Naquele dia o pai levantou-se mais cedo. E sentenciou:

– Todo mundo dentro de casa.

Era estranho. Que acontecimento estaria acontecendo assim tão sério? Fechou as janelas e barricou a porta com um grande fardo de alfafa. Abriu o porão e dele tirou algo que Almerindo nunca vira: um fuzil. Não, não era a velha espingarda de pederneira, mas uma arma poderosa, novinha em folha. O pai, vendo a curiosidade, julgou-se na obrigação de explicar. E disse, orgulhoso:

– É da revolução.

Ao que Almerindo sabia, o velho nunca andara em revoluções. Mas não disse nada. Dizer o quê? Ficou por ali, vendo o trabalho do pai, caprichoso e quieto, limpando a arma, os pentes de bala reluzindo. E a experiência logo depois, na janela: o tiro foi aquele estrondo medonho, reboando pela terra inteira, e a satisfação do velho:

– No ponto... Eles que venham!

Quem vinha, quem?

Soube, assim, que havia perigo. O ar aflito da mãe explicava o não explicado. Ela insistia:

– É bom chamar o pessoal. Mano José vem com a peonada... O compadre Taquatiara ajuda... Nunca se sabe. Te lembra do...

...ninguém lembrava, nem ela mesma.

O pai recusou:

– Bobagem... Agüento solito, ora essa...

Riu com desprezo. Esperou como em espera de caça, arma bem pronta.

Vieram à tarde. Eram três – e nada assustadores. Um alto, corpulento e com ar molengo. O outro, baixinho e magriço. A mulher era velha e gorda, vestida de roupa colorida, muito suja. Trazia duas galinhas, depenadas, num tacho de bronze.

Almerindo viu o pai correr o ferrolho do fuzil e abrir a porta. Saiu ereto, pisando firme. Pela primeira vez encheu-se de admiração: ali estava alguém diferente, que nunca vira nem imaginara: homem forte e poderoso. Um gigante, sim senhor. Desaparecera a curvatura dos ombros. Caminhava seguro, cabeça erguida, o fuzil embaixo do braço num gesto de pouco caso. Almerindo, nesse momento, queria ser como o pai, igualzinho, bem igualzinho, com arma no braço, caminhando valente para enfrentar o inimigo. Mas como atirar, e atirar em quem? Eram dois homens ou apenas um? O que mostravam, realmente, seus olhos? Uma confusão. A confusão de sempre.

Desistiu. Jamais conseguiria reunir gesto e olhar num mesmo ato.

A pequena comitiva parou. O corpulento veio vindo, cumprimentando humilde:

– Bom dia, amigo... *ser* amigo...

O pai respondeu, de cara feia, seco:

– Bom dia.

– Acampamos aqui perto.

– Já sei. Mas isto aqui tem dono, vou avisando logo. Não quero confusão. É ir saindo como chegaram.

– Somos de boa paz. Amigos.

E o baixinho respondeu:

– De boa paz.

E a mulher:

– De boa paz. Somos da sorte. *Buena dicha, buena suerte.*

Riu. Não tinha dentes para rir qualquer riso.

O grandalhão continuou:

– Um presente, amigo. De paz.

Estendeu o tacho. O velho, desconfiado, disse apenas:

– Bom. Deixa aí.

O homem largou o tacho no chão. A mulher ergueu as galinhas:

– Duas... já preparadas, coisa fina, com tempero especial. Tempero de búlgara terra...

— De onde?

— De búlgara terra.

— Ah.

Recolocou as galinhas no tacho.

— Ficamos dois dias. Só dois dias. Não incomodar família. Nada, nada. Dois dias... Em paz amigo.

O velho reforçou:

— Isto aqui tem dono, já avisei.

O grandalhão sorriu. Tinha um dente de ouro, brilhava como o tacho:

— Linda arma, vende?

— É de guerra. Não se vende. Não erra tiro.

— Pena, muita pena, ora... pagar bem. Mas, se não tem negócio, vamos indo. Amigo...

E o grupo se foi.

Almerindo viu o pai pegar o tacho com admiração. Chamou a mulher e disse:

— Olha!

Ela gostou. Estava nervosa. Conseguiu sorrir um pouco. Pegou as galinhas. Desconfiava:

— Acho que lavando bem a gente pode comer...

O velho respondeu:

— Pode sim. Fervura mata tudo.

Entrou dentro de casa informando:

— Ninguém sai. Esses ciganos gostam de roubar criança.

Era história velha, que todos conheciam de ouvir e contar.

Na cozinha a mãe dava início aos preparativos para ferver e cozinhar as duas galinhas – que eram gordas e foram almoço e janta. Comentou, apenas:

— Estavam pondo, vejam só.

E mostrou os ovos em gestação.

No outro dia, porém, com muita surpresa, deu-se conta da verdade, quando Tininha veio lá dos fundos, gritando:

— Mãe! O mãe! Desapareceu a galinha pedrês e a carijó também... Ô mãe! As galinhas...

Compreenderam tudo. Haviam comido suas próprias galinhas – presente de cigano é dado de bolso alheio. O pai apenas comentou:

— Esta ciganada! Facilitando eles tiram até as calças da gente.

E um risinho engraçado.

Sobrou o tacho, é verdade.

Mas ninguém se deu conta.

Episódio 12

O cigano velho e o homem invisível

Os ciganos ficaram três semanas. Ou mais. Foram ficando, simplesmente.

Não incomodaram. A história das galinhas foi lembrada muitas vezes. O chefe, que era o grandalhão, ria, desculpando-se:

– Jurar... não saber... senhora... jurar *bra* Deus. Galinha solta, galinha gorda, galinha sem dono. Lindo *bresente* com tempero de búlgara terra. Mas o tacho, não gostar do tacho?

Quem se lembrava do tacho?

Riam todos, escondendo a mão que a cigana pedia pra ler a sorte. Que sorte? Outros presentes vieram. Mas foram recusados: temiam receber um roubo, haver-se com a lei, demanda, advogado – enfim: o poder, ameaça terrível que o pai evitava, por prudência.

Almerindo, porém, arriscava-se mais. Pouco a pouco foi se aproximando do acampamento. Viu as tendas: eram três, enormes. E quatro carroções. Pensou, mesmo, em viver com eles, fugir de casa. Mas não teve coragem.

Entre os ciganos havia um que Almerindo muito gostava. Tornaram-se amigos de companhia certa. Era velho, muito velho, encarquilhado. O rosto fino, o queixo pontiagudo voltando-se pra frente, como um biscoito. Tinha um dente só e, quando ria, o dente balançava para frente e para trás, num movimento dançarino. Tomou-se de amizade por Almerindo, embora falasse pouco. Limitava-se a fazer mágicas: fazia sumir moedas para surgir logo adiante. Ovos, pássaros e, sobretudo, panos mil, em cores vivas, saíam da mão fechada. Aquela mão era fabulosa. Ali estava o mundo inteiro, podia como?

O velho cigano tentou explicar alguns truques, especialmente o da moeda. Almerindo tentou e tentou muito. Inútil. Faltava-lhe habilidade e o cigano percebeu logo. Desistiu de ensiná-lo. Limitava-se a fazer seus truques, divertindo-se com o olhar de espanto do menino, mau aluno de bom mestre.

Um dia ele falou:

– Mágica maior, bem maior. Búlgara mágica. Faz homem invisível. Ninguém vê homem...

E riu, o dente indo e vindo, dançarino. Almerindo impressionou-se. Não pensava noutra coisa. Imaginava-se, logo, fora da vista de todos, do pai, da mãe, das irmãs, dos primos, do gringo da venda na encruzilhada, do Padre Caetano e quem sabe do próprio Demo. Seria dono do mundo. Bastava entrar num lugar e ir pegando o que bem entendesse. Ficariam as coisas também invisíveis? E que susto não daria nos outros... Uma assombração verdadeira assombrando o mundo. Insistiu, pois, junto ao cigano:

– A mágica do invisível, quero ver. Quando? Quando?

O velho sorria, queixo pontudo, o dente indo e vindo, a balançar dançarino. E Almerindo teimoso:

– O invisível, quero ver.

O velho sorrindo. E ele:

– Quero ver o invisível... O invisível da mágica.

– Não é mágica, não. É feitiço perigoso...

Baixou a voz, tão baixa que mal se ouvia:

– É feitiçaria ruim... Muito ruim! Diabo vem e se diabo não vai? Perigoso...

E ria – o dente indo e vindo, dançarino, imenso na boca murcha.

Naquela tarde, do alto da coxilha, Almerindo viu que os ciganos levantavam acampamento. Partiam. Tristeza sua, alegria e segurança do pai, preocupado sempre com aquela invasão estranha em seus precários domínios. Desesperado, correu morro abaixo a procura do velho. Onde estava? Metera-se onde? Encontrou o velho naquela confusão de tendas, animais e trastes. Era sua última oportunidade. Pediu com insistência, quase chorando. Implorou:

– O feitiço do invisível... me ensina.

O cigano havia se enrolado numa velha manta e, sentado no chão, meditava em silêncio, alheio a balbúrdia do acampamento. Estava ausente do mundo e não ouvia nada. Levantou-se a custo, porque todos já estavam nos carroções. E partiam para outros lugares. Estaria cansado de tantas partidas? De repente pôs a mão no ombro de Almerindo e disse com voz clara – o dente solitário, que estranho, agora bem firme:

– Presta atenção. Mata um gato preto, à meia-noite, no cemitério, e beba todo o sangue. Veja bem: à meia-noite em ponto. Antes de terminar a décima segunda badalada tem que estar tudo pronto. Se não for assim, tu não desaparece, mas o diabo, este sim, aparece e te leva que é negócio dele. Toma cuidado, ouviu bem? Muito cuidado. É no começo e no fim da meia-noite. Nem antes nem depois...

E o dente solitário começou a dançar loucamente.

Almerindo repetia sem cessar: "Gato preto, cemitério, meia-noite em ponto, nem antes nem depois, bebo o sangue, fico invisível, justo nas doze badaladas, senão o diabo aparece e me leva".

Um terror.

O velho cigano correu para a carroça. Arcado, assim de longe, não parecia gente: macaco gingando ou, quem sabe, o próprio Demo.

Almerindo assustou-se com a imensidão do aprendizado: o segredo da invisibilidade.

Tornara-se aprendiz de feiticeiro e não sabia.

Voltou para casa pensativo e casmurro. E assim ficou durante muito tempo. Pensava, meditava. Temia. Tudo aquilo era assustador. Um pacto com o Demo e o preço era alto, sempre alto, a própria alma, sabia disso, tantas histórias já ouvira. Um terror.

A mãe, vendo-o assim, preocupou-se; o pai, como sempre, deu de ombros, indiferente:

– É falta de ocupação.

Era e não era.

Episódio 13

...Que, por ser 13, é o da feitiçaria...

Os ciganos haviam partido há muito tempo. Deles ficaram recordações que foram se tornando vagas: histórias, roubos e mentiras.

Almerindo, entretanto, não esquecia o velho encarquilhado. Nem a feitiçaria. Mas, temeroso, ia adiando o projeto. Não era fácil. Encontrava sempre uma desculpa a impedi-lo. A princípio foi o gato: não havia um gato completamente preto. Todos possuíam aquela mancha branca no focinho. Isto violava o preceito mágico, tornando duvidoso o resultado. E tinha que ser tudo certo, mais que certo. Um erro qualquer e lá vinha complicação grande, envolvendo o rei do inferno. Tenebroso. Quanto ao cemitério, não havia problema: lá estava ele, na coxilha, cruzes brancas, marcos de pedra assinalando túmulos de parentes, amigos e inimigos. O relógio era outra atribulação. Doze badaladas, meia-noite em ponto, um minuto a mais e eis que surgiria das trevas o Capeta em pessoa para levá-lo. Um risco enorme, sem dúvida. Hora certa, pois.

Falou com o primo Juca. Mas o primo recusou-se a participar da empreitada. Com os mortos não se brinca, argumentou. E com o Demo, nem se fala! Seu Damião fizera aquilo, todos sabiam: uma promessa ao diabo. Meia-noite, um clarão no quarto. Olhou bem – e o que viu? Todo de branco, traje fino, rosto lindo, sapato de verniz, novinho em folha, ali estava, mostrando os dentes num sorriso largo:

– Estou aqui. Me chamou?

Vinha de longe aquela voz. Mal se ouvia.

Seu Damião, espantado, olhou melhor. Viu, então, algo incrível: o moço, enquanto sorri e fala, sacode enorme rabo felpudo. Era o Demo. Na testa, dois chifres, pequeninos é verdade, mal se viam. Mas ali estavam.

Damião, coitado, não agüentou. Teve um ataque e morreu ali mesmo, do coração. O pior foi o enterro. Oito pessoas tentaram erguer o caixão. Impossível. Pesava que nem chumbo. Vieram mais dois, três, quatro, o povo inteiro. Nada. O caixão nem se movia. Trouxeram uma junta de bois. Inútil. Os animais gemiam na canga, espumando que nem doidos. E o caixão firme, plantado na terra.

Chamaram o Padre Caetano, que demorou três dias. Enquanto isto, rezas, terços, bezenduras – nada! O caixão ali, firme. A viúva, de tanto desespero, já não falava mais. Ou melhor: falava, mas falava sozinha, cumprimentava figuras inexistentes. Olhava assim para o ar, sacudia a cabeça, estendendo a mão com cerimônia:

– Bom dia. Como tem passado sua pessoa?

As mulheres choravam. Os homens faziam o sinal da cruz. E a viúva por ali, falando ao vento:

– Então, como vai sua pessoa? E a família? Todos de saúde?

...e ninguém para responder. Um despropósito. Por onde andaria o Padre Caetano, que não vinha quando necessário era?

Chegou, por fim, muito cansado. Vinha de longe, de batismos e casamentos. Vendo aquilo tudo, sacudiu a cabeça entendido. E todos suspiraram aliviados. O sacerdote benzeu-se, pegou o crucifixo, um pote de água benta – de onde vinha tanta água benta? – e foi direto ao caixão. Mal disse algumas palavras naquela sua língua de igreja que ninguém entedia, e ouviu-se um estrondo medonho de temer o mundo. Fumaça começou a sair do caixão, bem negra, fedendo coisa ruim. "Enxofre", diziam os entendidos. "Nada disso", comentavam outros. "Osso queimado, fogo do inferno".

Padre Caetano acrescentou apenas:

– Que descanse em paz.

Ergueram o caixão. Estava leve, muito leve. Fácil de carregar. Duvidaram até que ali estivesse um morto. Não quiseram, porém, verificar. Para quê? Tinham medo.

Damião foi enterrado às pressas, à margem do cemitério, longe de todos – não fosse comprometer alma santa com sua danação.

– Pois é, Almerindo, com isso não se brinca...

...concluiu temeroso e sábio o primo Juca. E foi embora, às pressas. De quando em quando olhava para trás, desconfiado. Por fim, saiu correndo. Não queria parte com coisas do diabo. De longe gritou aviso forte:

– Cuidado com cigano. É tudo pagão.

E desapareceu.

Almerindo, estranhamente, encorajou-se ainda mais com a recusa do primo. Estava só e devia enfrentar o mundo. Começou a olhar o gato Bibiano com atenção. É verdade que tinha aquele branco no focinho. O que poderia acontecer? Talvez ficasse com o corpo invisível, menos a boca. Era isso. Pensando melhor, melhor ficaria: uma assombração terrível aparecendo só com a boca no ar... Almerindo riu, sinistro.

Bibiano, porém, desconfiou. Coisa estranha. Gato não tem apenas sete vidas. Tem outra coisa mais: advinha pensamento. Almerindo aproximava-se e o bicho fugia espavorido, escondendo-se. Ficava, depois, a distância, esquivo, espiando com olho esperto. Se era difícil vê-lo, como agarrá-lo?

Mas isto não era tudo na empreitada. Havia o problema bem maior da hora certa. Almerindo formara opinião: tudo dependia da hora exata, meia-noite em ponto, doze batidas, nem mais nem menos. Ou o Demo a levá-lo – sabe-se lá para onde, que o inferno é morada distante e caminho não sabido. O gato ele pegaria, nem que fosse numa de suas armadilhas para raposa. Uma boa isca e lá estaria Bibiano seguro e firme. Boa isca, o que seria? Levá-lo, outro problema. Gato é bicho estranho, tem força enorme, embora todo molengo de difícil pegada. Escapa fácil. Por onde passa a cabeça passa o resto do corpo.

Na escola de Dona Lucila, Clementino disse, uma vez, muito satisfeito:

– Comi um gato...

No outro dia apareceu um menino todo arranhado. Foi logo perguntando:

– Como é que tu comeu o gato?

E Clementino, surpreso:

– Assado no espeto... É o mesmo que lebre, molinho, molinho...

O menino arranhado afastou-se vermelho. E todos caíram na gargalhada. Comer bicho não é fácil, pensou Almerindo, lembrando-se do burro Ezequiel. Como é que faziam aquilo? Dizem que porca é bom. Ovelha também. Mas gato, bem, o difícil é segurá-lo. Tininha ficava sempre se roçando no velho Bibiano, que roncava molengoso. Talvez esteja aí a solução: a gente passa a mão e ele fica todo mole assim... Não será difícil. Problema resolvido: uma cordinha comprida no pescoço, aperta-se um pouco, o bicho fica meio sem ar, tonteia. Leva-se de arrasto, bem de longe, que unha de gato tem veneno. O menino, aquele, ficou todo inflamado, com cara purulenta. Corda no pescoço é mais certo. Assim meio enforcado ele vai.

Resolveu então fazer uma experiência. Aproximou-se de mansinho, cordel na mão. O gato, porém, pressentiu tudo: um miado fino, estridente, e pulou bem longe, correndo para o quintal. Almerindo, enraivecido, agarrou um pedregulho enorme e atirou. A pedra o atingiu na barriga, bem no meio, fazendo barulho fofo, engraçado. O gato deu um pulo medonho e depois saiu, de arrasto, para o mato. Aleijado.

Naquela noite Almerindo ficou em claro. Não dormiu. Estava certo de que Bibiano apareceria, no escuro, para se vingar. Gato é assim: se não morre sete vezes volta sempre.

Bibiano voltou. Mas não à noite. Voltou no outro dia. Arrastava, pelo chão, as pernas traseiras. Movia-se com dificuldade, olho cansado e mortiço. A mãe, intrigada, perguntou a si mesma e, sem resposta, não respondeu:

— Como é que esse bicho foi se *descaderar* todo? Olhem só o coitado...

Almerindo sorriu perverso. Era dono do mistério. O gato, agora, estava a sua mercê. Não fugiria. Faltava apenas o relógio.

O homem invisível estava chegando.

Episódio 14

O cebolão dourado e o rei da terra

Bibiano sabia que estava condenado. Arrastava-se pela cozinha, miando sem força, a espera de migalhas. Quando Almerindo passava seus olhos luziam, temerosos, acompanhando os passos do carrasco. Ali estava a morte.

A pedra, enorme, fora atirada a esmo, num gesto de raiva. Acertara por acaso. Mas Almerindo vira, nisto, acontecimento raro, transformação imensa. Era a primeira vez que mão e olho agiam de comum acordo. Um sucesso enorme. Sentia-se, pois, seguro e forte. Olhava Bibiano com desprezo. Duvidava mesmo que de tão mísero gato pudesse resultar algo importante. O cigano, certamente, conhecia o segredo e lhe transmitira direito o encantamento: à meia-noite no cemitério, doze badaladas – nem mais, nem menos –, sangue de gato preto, morto na hora exata...

Gato preto – ali estava a dúvida: e a mancha branca?

Bibiano revirava o olho, às vezes agressivo, às vezes temeroso. Almerindo sorria, malévolo:

– Te prepara, bichinho...

Um demônio.

Faltava o relógio, é claro. Eis o problema: onde encontrá-lo? O pai tinha um relógio de bolso, cebolão dourado, enorme. Herança do avô, só utilizado em dias de festa. Se festa importante fosse. Com ele, evidentemente, não teria as badaladas. Mais um problema. Por que só haviam problemas? Seriam elas indispensáveis? Por quê? Almerindo pensava pensamentos que iam e vinham naquele viajar sem parada. Não via o significado de tudo aquilo. Badalar: era o sino batendo. Por quê? Onde? Sino batia na Igreja, ele sabia. Mas a Igreja estava longe e do sino nada se ouvia. Bateria até meia-noite? Perguntas que perguntava a si mesmo. Sem resposta.

Pouco a pouco foi se convencendo de que bastava fazer tudo na hora certa – à meia-noite. E isto dependia só do relógio: era pegar o cebolão dourado, arrastar o velho Bibiano, agora quase morto, e sangrá-lo no cemitério, justo quando o ponteiro chegasse na meia-noite. Nem mais, nem menos. Que gosto teria sangue de gato? E como bebê-lo? Na mão ou num caneco? Problemas.

Sentiu uma certa repugnância. Não pelo sangue em si. Mas pelo bicho, já quase morto. Sangue de gato morto, vejam só! Quem diria!

À tardinha, entrou no quarto dos pais. Abriu o baú cauteloso, dele tirando o velho cebolão dourado. Era imponente. O pai, uma vez, dissera:

– Com um relógio desses a gente é o rei do mundo.

Não entendeu porque, nem sabia o que significava ser o rei do mundo – que rei e que mundo? Rei era algo muito importante. Não mais que o sargento Pelicâncio – quem poderia? –, autoridade que tinha poder imenso: o poder do "planchaço".

O preso era colocado num tronco, de bruços, sem camisa, e Pelicâncio puxava a espada, gritando:

– A lá una! A lá duna! A lá puta que o pariu!

E dava com a lâmina da espada – não de fio, é claro – mas de lado nas costas do infeliz: era o "planchaço".

Depois largava o preso mais morto que vivo, dizendo:

– Governo é governo, já ouviu?!

E todos ouviam.

No dia em que se tornasse invisível daria um "planchaço" no próprio Pelicâncio. Já imaginou? Diria apenas:

– Olha o governo! A lá una...

...não. Iria direto: "A lá puta que o pariu!".

...e plaft, bem no lombo do sargento... A espada de lado, vergando-se toda, abrangendo o corpo inteiro. Que faria ele, o sargento? Nada. Claro, se aquela parte branca do Bibiano continuasse visível poderia, então, correr algum perigo. Difícil, porém. Pelicâncio nem teria tempo de vê-lo. E se visse, melhor. Seria apenas mancha branca da cabeça e focinho. Era só gritar:

– Olha o governo! A lá puta que o pariu!

Depois sairia correndo. Não ele, é claro, mas a boca branca do gato Bibiano, assim parada no ar, feito assombração. Medonha.

Riu alto, nervoso. Andava nervoso. Muito.

Depois escondeu o relógio.

Agora estava tudo preparado.

Invisível, com o cebolão dourado e dando de espada no sargento Pelicâncio, ele seria o rei do mundo. Mais importante do que governo. E senhor do "planchaço". Um forte.

O pai tinha razão.

Episódio 15

O fantasma da meia-noite

Almerindo olhou o sol, mediu a própria sombra e acertou o relógio: doze horas. O cebolão dourado funcionava tranqüilo, fazendo um barulhinho calmo. Seria aquilo também um badalar? Quem sabe...

Escondeu o relógio embaixo da cama e ficou esperando.

O tempo custou a passar, como custou.

Bibiano, que tudo pressentia, arrastou-se para fora, procurando esconder-se. Inútil. Voltou mais tarde, faminto, e ficou por ali, rondando. O medo esmorecia.

Anoiteceu.

Deitaram-se todos, que no mato o deitar é cedo.

Almerindo cuidou para não dormir. O sono era implacável. Levantou-se pé por pé e foi a cozinha. Espiou: Bibiano ronronava em baixo do fogão. E se o gato miasse alto, numa gritaria infernal? Um desastre. Gato era assim, bicho miador e esperneante. Melhor teria sido colocá-lo, de repente, num saco. Por que não pensara nisto antes? Gato ensacado não mia.

Tornou-se a deitar. Olhou o relógio à luz do isqueiro: dez horas. Sairia às onze e meia. Um saco? Precisava de um saco. A fronha de um travesseiro estava ali, à mão. Problema resolvido. Olhou o relógio novamente. Dez horas ainda. Teria parado? Ouviu o tic-tac. O tempo custava a passar, mais lento que cavalo velho. Era isso: tempo marcado, tempo parado. Esperou, que remédio?

Um problema, agarrar o gato. Mão e olho desta vez trabalhariam em conjunto? Difícil. Talvez mirando de longe, como quem faz pontaria... Depois, avançar no escuro, agarrar o bicho pela goela, apertando bem... Cuidado, precisava de cuidado: não fosse matá-lo antes, estragando tudo. Feitiço com gato morto não dá certo. Morte na hora, isto sim.

Cochilou um pouco. Acordou em sobressalto. Olhou o relógio: onze e meia. Estava na hora.

Levantou-se. Tirou a fronha do travesseiro. Improvisou com ela um saco. Foi até a cozinha. Ia riscar um fósforo. Desnecessário, porém: no fogão de ferro as brasas ainda estavam vivas. Soprou-as com força e um fogo azul surgiu, iluminando a peça. Na sombra, em baixo, o gato Bibiano dormia, confiante, ou morto.

Levou a mão com segurança e certeza. Decepcionou-se: atingiu, apenas, a cinza quente que ali caía. Sentiu a brasa queimando, queimando de gritar. Tentou, novamente. Inútil. Recuou, olhando de longe, mira firme: lá estava Bibiano, enroscado em si mesmo. Desesperado, mirou novamente, fez pontaria, fechando um olho. Depois, estendeu a mão aberta, passando-a pela cinza toda, em forma de varredura, até apanhar o gato. Bibiano não se mexeu. Colocou-o no saco, abriu a porta e saiu. Estava na hora. O coração batia forte, a cabeça latejando, a boca seca.

Correu para o cemitério, pelo caminho do rio. Teve a impressão de que alguém estava gemendo. Não se voltou para ver: tinha medo. Seus passos ressoavam na terra seca. Corria sempre. O gemido... Sim, alguém gemia com ele ao som dos passos. Correu, desesperado. E o gemido corria com ele...

Havia naquela região um italiano chamado Antonelo. O bom Antonelo tinha por sobrenome Maganha.

Ele trabalhava uma semana inteira, de ponta a ponta, rendendo como ninguém. Era procurado sempre nas fazendas e sítios. Cobrava pouco: cama, comida, alguns trocados. E trabalhava mesmo, e como! Mas, terminada a semana, conta feita, despedia-se. Apelos, rogos, ameaças, promessas – não adiantava nada. Ponto final. Murmurava, delicado:

– *Lavoro, lavoro. Domani, pane e vino.*

Recebia dinheiro, punha no bolso e se dirigia para o armazém mais próximo. Comprava vinho e pães, tanto quanto seu dinheiro podia comprar. Sentava-se, então, a beira da estrada, bebendo e cantando canções velhas que ninguém entendia, enrolando palavras que iam morrendo num som rouco e único. Depois, procurava no terreno uma saliência qualquer, um buraco fosse onde fosse. Deitava-se e dormia. Acordava. Bebia. Dormia.

A bebedeira durava uma semana, menos ou mais. Então, muito sério e compenetrado, voltava ao trabalho com redobrada energia.

Morreu bêbado: deitou-se de bruços numa vala que a chuva de verão encheu. Caso único: afogou-se em trinta centímetros de água, quem diria!

Naquela noite Antonelo bebeu seu terceiro garrafão e procurou uma saliência cômoda para dormir. Viu o buraco aberto, a terra fofa, o tamanho exato: feito para ele. Largou o garrafão já vazio, gritando:

– *Per la Madona!*

E deitou-se na cova rasa do cemitério. Curtiu a ressaca e, noite alta, ouviu passos quebrando a galharia seca do caminho: alguém vinha correndo. Ergueu-se estremunhando, a cabeleira enorme a voar, a cara redonda parecendo bolacha velha, e perguntou com voz rouca e firme que ressoou pela terra inteira:

– *Qui hora sono?*

Almerindo estacou de repente, vendo aquela coisa monstruosa que se erguia da cova. No escuro da noite mal enxergava túmulos e cruzes. Mas via a cara imensa, olhos enormes, cabeleira desgrenhada e a voz rouca surgindo das entranhas da terra:

– *Putano! Que hora sono?*

Almerindo parou.

O corpo gelado.

Os pés de chumbo presos no chão.

A garganta trancada engolindo as palavras. O Demônio, ele próprio, à sua frente.

Um pensamento-oração: "Que Deus Nosso Senhor me salve. Nunca mais faço isso. Juro que não".

...e aquele corpo disforme se erguendo, saindo de dentro da terra, subindo para o céu, o rosto imenso, atarracado, sem pescoço, a boca larga, o vozeirão rouco. Medonho.

Almerindo parecia um boneco. Força de onde, não sabia. Voltou-se de chofre e saiu dali numa corrida louca.

Parou em casa. O corpo estava molhado de suor. Largou o saco num canto, entrou para o quarto e, na cama, tapou-se dos pés a cabeça, não fosse o Demo segui-lo até ali. Tremia, os dentes batendo. O sol entrava pela casa quando conseguiu cochilar. Acordou pálido, cansado, o corpo dolorido. Olhou com olhares de susto. Não viu nada. A mãe, com espanto de desconfiança, falou:

– Esse aí parece que viu fantasma...

Almerindo não disse nada. Perto do fogão a fronha e nela o gato. Tão quieto, por quê? Disfarçou um pouco, esperando que todos saíssem e foi esvaziá-lo. Se alguém viesse, pensaria o quê?

Bibiano estava morto. Seu corpo duro caiu no chão. "Foi o diabo", pensou Almerindo. E prometeu a si mesmo nunca mais invocar os mortos e nem se meter em feitiçaria.

Primo Juca tinha razão.

Suspirou desolado. E pensou, seriamente, em tornar-se rezador de terço. Salvara-se do diabo. Por algo deveria pagar.

Episódio 16

O anel perdido e o negrinho do pastoreio

Durante muito tempo Almerindo evitou o trato com as coisas do além. Mesmo quando ia a cidade, para festas, mantinha-se retraído. Na verdade, era algo assim confuso: receio de complicar-se. Certeza de que não conseguia ver as coisas do mundo como os outros viam.

Crescera muito. Era forte, rijo. Nele nada mais havia do menino magriço. Ninguém notava defeito na vista. Não era vesgo, nem zarolho. Nada. Simplesmente tinha algo mais grave: uma espécie de disfunção visual. Via tudo claramente. Mas, à medida que se aproximava, os objetos saíam de foco, colocando-se um pouco à esquerda. Sempre que houvesse duas ou três coisas, era fatal a troca. Castigo de Deus? Talvez. Erguera a mão contra o pai. E Padre Caetano, a respeito, fora categórico: maior crime somente atentado contra a Igreja, para o que não havia salvação possível. O inferno era pouco.

Almerindo, agora, pretendia escapar de tudo isso, passando desapercebido de santos e demônios. Escondia-se.

Impossível, entretanto, fugir do mundo.

A vida, no campo, colocava-o frente a frente com forças sobrenaturais que não conseguia entender. Recolhia-se, pois, a um silêncio triste. Envolvia-se nele mesmo: um caramujo. Falava com os primos, é verdade. Mas pouco. Tinha sonhos, fantasias: fugir dali, viver na cidade. Coisa impossível, de distância tão distante que nem imaginava.

Acabrunhado, pensava muito – e tinha medo. Medo sereno das coisas que não entendia. Retornou, por acaso, seus contatos com o sobrenatural. Já não queria ser invisível. Pensava, mesmo, que era patranha do velho cigano. Mas, por quê? O homem falara sério e, naquela idade, não se mente... Cigano sempre é cigano...

Era sábado.

Tininha estava se arrumando, a espera do namorado, naquele jeito de faceirice matreira. Tomou banho, penteou-se e pôs no cabelo uma travessa grande, feita de osso polido, quem polira, onde? Por que as mulheres eram assim de se arrumar com arrumação especial para receber quem por roupa não se interessa? Mistério.

Pela primeira vez olhou a irmã com curiosidade. Há muito que já não era mais aquela menina briguenta. Estranho, tornara-se mulher, uma criatura diferente, sem que ninguém notasse a diferença.

Agora, Tininha, faceira, olhava a mão, tentando escondê-la. Descobriu logo: um anel.

– O que é isso?

— Anel... Da mãe.
— Ela sabe?
— Não.
— Que loucura. Se ela te pega te pega bem...

Tininha sorriu. Almerindo pensou na história do Pedro Malazarte. O anel mágico. Esfregava-se na palma da mão: ouvia-se um estrondo, uma fumaceira e aparecia a Fada Madrinha. Então era só fazer um pedido. Assim nasciam reis e princesas. Fácil, fácil. Interessado, pediu:

— Empresta?
— Pra quê?
— Ora, ora, quero ver. Não pode?
— Não se olha com a mão. Olha de olho, né?

Insistiu:

— Só um pouquinho. Nunca vi de perto, assim de pegar.

Tininha tirou o anel.

Estavam na frente da casa. O quintal, chão batido, inclinava-se até a cerca. Limpo de se ver o que se ver quisesse.

Aconteceu exatamente o que sempre acontecia: Almerindo viu o anel num ponto e levou a mão noutro. Um desastre, mais um. O anel caiu e rolou pela terra dura. Parecia uma rodinha, minúscula, cheia de vida, cintilante. E ia indo, sempre indo, rodando.

Almerindo, assustado, correu atrás. Tininha correu, também, gritando apavorada:

— Meu Deus! Meu Deus!

Correram as duas irmãs. Correu até o cachorro velho, latindo, desesperado. Terminaram todos a beira da cerca. Um susto só.

Depois voltaram, vasculhando o chão, desesperados. Nada. O anel sumira. Nem na terra, nem no céu.

Tininha acusou:

— A culpa é tua. Deixou cair.

Almerindo defendeu-se:

— Eu não. Tu é que largou o anel, de propósito.

— Não larguei, não.

Deram-se conta da briga inútil. E ficaram ali, estranho, olhando o chão: ele, a irmã — já mulher, seio duro, arfando —, as duas meninas e o cachorro que latia por latir, indócil e curioso.

Almerindo olhou o animal com raiva — e deu-lhe um forte pontapé:

— Sai daí, tinhoso.

O cão, surpreso, ganiu, correndo para esconder-se.

A palavra sinistra, enorme, despertou nele uma esperança. Quem poderia ajudá-lo na desgraça? Deus? Impossível. Tentara muitas vezes, sem resultado, rezando terços e Ave-Marias. Deus era surdo. Mas, e o tinhoso? Por que não? O diabo era um negociante sério e sempre interessado na compra de almas. Era esperto. Tinha artes que só ele tinha. Melhor arriscar a alma no futuro distante do que perder, agora, o couro sob o relho do pai. O pagamento, além disso, só se daria na hora da morte e morrer quando? Ganhava tempo...

Tininha chorava:

— A mãe me mata. A mãe me mata. Peguei o anel escondido... Foi castigo...

Ele, entretanto, é quem deixara cair. Culpado de grande culpa estava ali.

O Demo era a salvação. Não tinha escolha. Um pacto secreto, feito à meia-noite, alma cristã em troca do anel. Bom negócio. Talvez até fosse mágico o anel. E ele, então, se transformaria em rei ou príncipe. Depois, é claro, no fim da vida, Satanás viria cobrar seu preço. Terrível. Mas o fim da vida estava muito longe. E o relho do pai – muito perto.

Mas, bem pensando, por que negociar a própria alma? Por que não a alma de Tininha? Afinal de contas, ela era a maior culpada. Expôs o problema, relutante:

– Quem sabe a gente faz uma promessa... Promessa forte.

A irmã esperançou-se, não tinha pensado nisso:

– A Virgem Mãe... Ela me salva...

– Não. Ela não. Todo mundo pede pra ela. O tempo é curto pra tanto pedido. Não serve.

– Mas quem? Por amor de Deus, quem?

Cauteloso:

– Olha, Tininha... A coisa é séria. Esse anel é de estimação. Custa muito dinheiro. O pai nos mata de morte certa.

– Eu sei... Bem que sei.

– Pois é...

– É...

– Estou pensando um pensamento... Assim de longe.

– Sim... E daí?

– Olha, Tininha... Uma idéia aqui na cachola...

E pela primeira vez sentiu-se próximo da irmã. Como não vira isso antes? Podiam ser amigos, resolver coisas, enfrentar perigos. Ali estava ela, cúmplice na hora difícil. Juntos no enfrentar da vida. Continuou:

— Olha, acho que só o diabo, nesta hora...

Não pôde continuar. A moça ergueu a cabeça, assustada:

— Deus me livre e guarde! Prefiro morrer mil vezes de morte certa.

E saiu correndo, aos prantos.

Almerindo, acabrunhado, encolheu-se todo, lembrando o olho enganador, a vida difícil. Quem poderia ajudá-lo? Esquecido de Deus, estava perdido no mundo. De repente, lembrou-se: o Negrinho do Pastoreio. Era um preto escravo, menino ainda, que morrera no tronco, porque havia perdido o rebanho do patrão. Negrinho burro, pensou consigo, não vendo nele força maior. Como perder um rebanho inteiro? Bem pensando, castigo certo, merecido... Ainda assim, ali estava a salvação. É o que diziam: não havia melhor remédio para encontrar perdidos. Correu para casa, gritando:

— Tinaaaaa!

A irmã apareceu na porta. E ele, ofegante:

— O Negrinho... O Negrinho...

— Que Negrinho?

— Do Pastoreio, sua burra! Não vê?

Ela entendeu. Almerindo, mesmo assim, explicou:

— A gente promete um pedaço de fumo bem grande se o anel aparecer.

Animou-se com a idéia: por que não pensara nisso antes?

— É certo... Garanto...

E depois, desconfiado como sempre nas negociações com seres do além, acrescentou:

– Melhor pagar adiantado. Vou lá na encruzilhada e deixo o fumo, pedaço grande. Negócio garantido.

Sorriu. Era esperto.

Foi até a prateleira da cozinha. Lá estava o fumo em corda. Mediu um pedaço: pequeno. Avançou mais: não podia regatear: um palmo. Suficiente. Também não era de exagerar, viciando o preto que, pela história, era menino ainda e já fumando. Um despropósito. Além disso, o rolo de fumo estava curto, o pai daria falta, cuidadoso que era. Um palmo e meio, nada mais. Negócio feito. Pagamento adiantado, que mais poderia querer o Negrinho dos pampas?

Correu para a encruzilhada. E ali, entre dois caminhos, colocou o pedaço de fumo pedindo ao Negrinho do Pastoreio que encontrasse o anel. Um bom negócio.

Satisfeito, regressou. Antes, porém, reforçou o trato, invocando a Virgem, a quem prometeu vinte Ave-Marias. Era mais seguro. E não custava nada. Pagamento certo.

Quando chegou em casa, entardecia. Tininha estava na porta, sorrindo:

– Olha... Olha...

E mostrou o anel.

– Estava bem aqui, nos olhos da gente... Se fosse cobra mordia... Aqui na escadinha, olha!

Almerindo sentiu-se logrado. Enorme pedaço de fumo, vinte Ave-Marias e o anel bem ali, a vista de todos. Um logro. "Que coisa", pensou, "Não se pode mais confiar em ninguém".

Mau negócio. Pelo menos não empenhara a própria alma que o Demo cobraria tão certo na hora certa.

Episódio 17

Reflexões sobre um olho torto

Foi um inverno chuvoso.

Os rios transbordavam. A várzea encheu-se de água. O gado encolhia-se nos pontos mais elevados e os homens, à beira do fogo, tremiam de frio.

Aconteceu, então, um fato engraçado: Almerindo queimou-se e queimou-se bem queimado. Ao sair do galpão viu o fogo crepitando, quente, agradável. Tentou desviar-se, errou um pouquinho, meio palmo, talvez menos – e pisou nas brasas. Deu um pulo enorme. O pai, vendo aquilo, começou a rir:

– Esse aí não tem mais cura.

Maldade.

O fato levou Almerindo, naquele dia chuvoso e inútil, a profundas reflexões. Concluiu que o corpo se dividia em muitas partes, cada uma delas com vida própria. Algumas complementavam-se. Um pé seguia o outro. As mãos eram separadas: agiam de forma independente. A cabeça também. Certo, havia um acordo geral e, assim, as coisas funcionavam. Menos o seu olho esquerdo. Tinha mau gênio, certamente. Era vingativo e isto influía no corpo todo, criando problemas.

O olho possuía vida própria. Mas com uma diferença: era maligno, enganador. Via a coisa clara, completa, inteira: ali estava o fogo, crepitando, gostoso naquele dia frio. Mas em que lugar? Perto? Longe? Mais à frente? À direita? À esquerda? Como poderia sabê-lo... Impossível. O olho negava-se a informá-lo. Já experimentara tudo: fechar um pouco, um pouco mais, muito, tudo. Inútil: a visão era sempre clara, mas fora do lugar. Onde estavam as coisas? Em que lugar, em que ponto? O olho tinha até idéias, era isso. Vivia sua vida. Formava-se de um branco, bem grande, depois um círculo marrom e, por fim, um pontinho preto, tudo mergulhado em líquido espesso. Era algo terrível. Podia ocultá-lo, é verdade, baixando a pálpebra, fechando a vista. Mas por pouco tempo. Escuridão só serve para dormir. Feliz era seu Odorico: tinha um olho de vidro. Costumava tirá-lo, distraído, e ficava com ele na mão, brincando. Maravilha.

No seu caso, conformava-se. O olho esquerdo era maior e, certamente, mais velho. Precisava vigiá-lo constantemente. Tarefa difícil, confiada ao reino das idéias. Na verdade, eles constituíam duas identidades: Almerindo e o olho grande, traiçoeiro, sempre de parte com o Demo. Era isso: o Demo estava ali, como sempre, para infernizá-lo provocativo.

Às vezes, esquecia-se do olho e era certo, então, que se metia em encrencas. Procurava enganá-lo também, especialmente na mesa: queria uma coisa, olhava para outra. Às vezes dava certo. Trabalhão. O olho tinha seus momentos de distração, tinha. Mas isto era raro. Estava sempre aberto, muito grande, com certeza, pensando maldade. Aquele pontinho bem preto, no meio, devia ser a cabeça, o centro da massa pensante do crânio cabeçorio. Ali é que o olho ruminava idéias, arquitetava ruindade grande. Olhava o prego, batia no dedo. Era isto: judiação pura. O olho, certamente, tinha pensamentos, pensando assim: "Se as coisas existem, por que outros devem tomá-las?". Uma idéia interessante. No fundo, esse olho era um pobre coitado, desamparado. De que lhe adiantava ver o mundo, percebê-lo? As mãos é que tomavam tudo sem mais nem menos, adonando-se. E a comida? Um bom prato de feijão com picadinho – o olho crescia, grande, guloso. Mas a boca é que se enchia logo, satisfeita, fazendo água. E o olho? Coitado. Nada. Ali, faminto. Ia dormir, fechando-se inútil, escondendo o mundo. Vingava-se, o danado, logrando as mãos, enganando a boca, castigando os pés. Certamente pensava lá consigo, naquela cabecinha preta – que pensaria um olho, quê? – meio escondida, de ar maligno: "Hoje eu pego este, ah! Se pego!". E pegava. Bastava um descuido, por menor que fosse, e lá estava o olho rindo. Ria-se, o danado, soturno gargalhava, especialmente depois de algo mais sofrido, como aquele caso na cerca de arame farpado. Estava certo de certeza certa que erguera o fio na altura boa. Passaria fácil. Assim informava o olho. Mentira, engano, traição: as farpas do arame cortaram-lhe as costas. A camisa novinha, lá se foi em tiras, o que provocou a raiva da mãe e o castigo do pai. É claro que, depois disso, o olho divertiu-se, contente. Gargalhava, rindo riso de barriga, por dentro. Podia ouvir com clareza o risinho cínico, o gesto safado naquele pisca-pisca namorador. Por que piscava tanto? Era o esquerdo, grandalhão, que armava trapaças. O outro, coitado, miudinho, raquítico: mero acompanhante. Provocava desprezo, tão insignificante era. Almerindo sentia inveja do olho grande. Era atrevido. Tinha futuro. Faria coisas. Um vencedor na vida. Era, por isso, de convivência difícil, quase impossível. Almerindo tentava, às vezes, com jeito e calma, viver em paz, entender-se. Em vão. O olho sorria, maligno de maldade feia, a cabecinha preta arquitetando alguma coisa, brilhando no meio do líquido espesso em que vivia. Um safado. Se ao menos falasse... Mas não. Era quieto, silencioso, feito a obra do Capeta, ou o próprio Capeta. Tentou puxar conversa, é claro, e com boa educação: é falando que as pessoas se entendem.

— Bom dia, amigo.

Silêncio.

Tentou de novo, com mais respeito, por que intimidade com vizinho estranho? Não era estranho? Era. Que sabia dele? Mais respeito, pois:

— Bons dias, senhor.

Inútil.

Outra tentativa: quem sabe título?

— Bom dia, coronel.

Ou então, doutor. Estava mais na moda. Doutor:

— Bom dia, doutor.

Teve a impressão de que o olho pequeno, da direita, ria-se todo, divertido. Era o que faltava agora! O pequenino metera-se a besta, ele tão desmoralizado, insignificante, pedaço de asno. Irritou-se. Deixou o quarto pisando firme, disposto a vingar-se vingança terrível. Errou a saída e bateu com o ombro na porta, dor aguda machucando. Gemeu, infeliz e conformado:

– Está bem... Está bem...

Sentira a resposta, a vingança. Por que brigar, por quê? O olho grande, satisfeito, aquietou-se. Almerindo desistiu de qualquer resistência. O olho, espertalhão sabido, descobriria tudo e, então, vingava-se logo, aprontando uma das suas.

Certas partes de seu corpo não se entrosavam. Era isto: um desconjuntado. Provavelmente o olho pertencia a um setor e as mãos a outro. E os pés, por onde iriam, que rumos seguiriam? Engano qualquer, erro de construção, pecado dos pais, e o resultado ali estava. Os cachorros, quando se encontram, cheiram logo o rabo um do outro. Por quê? Dizem que houve uma festa no céu e, na hora da saída, todo mundo trocou de rabo, confusão armada pelo macaco que, como se sabe, é bicho safado e enrolador.

Foi o que aconteceu, concluiu: "Trocaram as partes do meu corpo. Um pedaço de cada um, quem sabe de quem?".

Não podia, é claro, andar por aí, cheirando o olho de todo mundo como cão rabeiro. Será que olho tem cheiro? Quem sabe... Era isso: na família só havia mulher. De homem, só ele. Saiu trocado de corpo: braço de um, pé de outro, olho sabe-se lá de quem. Via-se logo o erro: um grande, outro pequeno – que despropósito. Onde estaria o par certo?

Foi pensando nisso que Almerindo resolveu falar com Tio Santo. O caso poderia se resolver com benzedura forte. Estava disposto. Faria o que fosse de ser feito.

Pensava no assunto constantemente. Mas não queria pensar muito nem forte. Escondia as próprias idéias. Tinha medo: não fosse o olho mau descobrir tudo e arquitetar vingança terrível. Ele era assim, malvado. Precisava tomar cuidado.

Episódio 18

Na hora de servir a pátria

A notícia foi, na verdade, uma surpresa. Não esperava. O pai, secarrão, falou apenas:
– Seu moço, está na hora de servir a Pátria.
...e mais não disse.
Almerindo sabia o que significava: exército.
Primo Juca estava no 7º Regimento de Infantaria, muito orgulhoso na sua farda. Sentia-se importante. Não tanto, é claro, como o Sargento Pelicâncio, militar de carreira, comandante da guarnição, braço forte do delegado, a lei.
Havia dois tipos de soldados: o verde e o amarelo. O soldado verde era da cidade. Ficava distante. Não se metia em nada. O soldado amarelo, ao contrário, vivia ali perto, no interior, controlando tudo, autoridade presente – e temível.
Servia-se no exército verde, um ano inteiro. Depois, dava-se baixa, terminava tudo. Ficava a lembrança, histórias que se contavam.

Almerindo matutava, especulando. Não compreendia a razão daquilo tudo, as diferenças e funções. O que fazia cada soldado – e para quê? Uma confusão: não tinha respostas. O verde era a Pátria: o amarelo, o governo. Pátria era o Rio Grande; governo, era o delegado, o coletor de impostos, a cadeia, o Sargento Pelicâncio dando "plachaço" de espada. Difícil entender. Pátria, governo. Soldado verde, soldado amarelo. Uma confusão.

Ia servir a Pátria, eis tudo. Preferia ser – por que não? Mas como ser, quem sabia? – um soldado amarelo: era autoridade, com "planchaço" e tudo. Sorriu, satisfeito com a idéia. Absurdo. Na vida tudo estava feito e bem feito...

Levantou-se muito cedo. Vestiu a fatiota botina bem nova, rangindo ainda. Cabelo penteado, barba rala feita na hora – e partiu.

O pai, experiente, resolveu acompanhá-lo. Engraçado, ele tinha disso: tornava-se amigo de repente e de repente sumia naquele silêncio. Agora estava de falar: foi dando conselho, assim com aquela fala mansa, sem completar as frases. Almerindo entendia.

O velho:

– Não responder... Nada de má criação... Bom comportamento... Superior é quem manda... Pois é... Nunca falte a revista... Pois é...

Silêncio. O trote dos cavalos. Cascos na pedra.

O pai:

– Pois é... Farda bem limpa... Botina lustrada... A arma também, sempre limpa...

Os cascos na pedra. A voz monótona:

— Revista é bem cedo. Toca alvorada. A gente levanta... Pois é... Fardamento em ordem, alojamento limpo... Fuzil reluzente... Nada de resposta nem oferecimento. Manda quem pode, obedece quem precisa... Pois é... O sargento pergunta: "Quem sabe isto, quem sabe aquilo...". Fica quieto, não te oferece... Vai ver é pra limpeza de latrina... Colhedor de bosta...

Riu alto, recordando seu tempo. Acrescentou:

— Almofadinha é que sofre.

E depois, preocupado:

— Revolução é ruim. Revoltoso sofre muito. O comandante vem, faz discurso, ninguém entende... Depois começa a inana...

Experiente:

— Cuidado com o "desaperto". *Recoluta* novo sofre muito. O praça "pronto" vem e tira tudo. Depois a gente tem que pagar. É do governo. Eles "desapertam" e a gente paga...

Começou a rir de novo: ria aos trancos, num soluço:

— Mas a gente também "desaperta". Quando me roubaram o cantil, "desapertei" outro. Pois é... Para bobo não sirvo...

Falou o tempo todo. Nunca falara tanto na vida e, quando estavam chegando, ele recordou algo que despertou o interesse de Almerindo: as mulheres da "zona". Mas não foi longe no assunto. Explicação ligeira, que homem em coisas de mulher sabia tudo por natureza.

Estavam chegando e, logo, viram-se no Centro de Alistamento.

O velho, precavido, trouxera os papéis, explicando:

— Sem documento não se vale nada...

Foram atendidos, receberam instruções: exame de saúde no outro dia, às seis da manhã.

O pai despediu-se. Estava comovido e gaguejou:

– Bem, vou indo...

E não disse mais nada. Montou a cavalo e desapareceu.

Almerindo aproveitou o tempo e andejou um pouco, olhando a cidadezinha, o movimento, o café, as mulheres. Passou pelo quartel e viu, de longe, um sentinela temível na sua farda amarela. Afastou-se. Pensou em ir à Igreja, falar com Padre Caetano, pedir a benção. Desistiu, porém. Queria ficar por ali, sem compromissos, andando à toa. Encostava-se a parede, cuidadoso. Não fosse esbarrar em alguém, traído pelo olho tirano. Um incidente e seria preso, esquecido naquele fim de mundo – quem se lembraria dele? O pai, pensando que ele estava servindo a Pátria, o exército verde. E ele preso, vítima da traição maligna do olho grande. Era preciso cuidado. Muito.

Caso pudesse entraria no exército amarelo, seria sargento, coisa importante, mandando e prendendo. Por que não fazê-lo? Ignorava. A vida tinha seus mistérios: tudo predeterminado, tudo pronto. Acontecia. O pai não tinha ilusões: "Com essa perna torta acho que não te aceitam. Em boa hora te livra".

Lastimava-se. Queria vestir a farda. Importante. Culpa do olho grande e do burro Ezequiel. A vida era torta e ele mais torto ainda.

No exército amarelo seria importante, autoridade ordenando ordens que todos cumpririam.

Sargento Pelicâncio vestia farda branca nos dias de festa. Era muito branca, engomada a ferro com farinha de polvilho, coisa da mulher, uma nordestina que se chamava Raimunda. Pelicâncio ia ao quartel, cumpria rotina e, depois, à Igreja, rotina também: assistia a missa. Mas não se ajoelhava. Nem quando a sineta batia naquele silêncio grande. Pelicâncio continuava em pé, firme, teso. Um escândalo. Padre Caetano irritava-se, falando claro, duro:

— Sargento, nesta hora Cristo está aqui.

— Sim senhor, Seu Padre, percebido.

— Pois é, Sargento... o senhor não se ajoelha?

— Não, Seu Padre. Não me ajoelho. Percebido.

Padre Caetano insistia:

— Mas por que, Sargento?

— Ora, Seu Padre, é percebido. Militar não se ajoelha.

— Sargento. É Deus vivo, presente...

— Eu sei, Seu Padre. Percebido. Mas militar tem regulamento. É a lei do governo.

— Que lei?

— Lei Militar, Seu Padre.

— Deus é maior, Sargento. Maior que tudo. Deus é o Rei do Universo.

— Não duvido, Seu Padre. Não duvido. Percebido. Mas aqui na cidade, além de Deus, temos o Coronel... O Coronel, o senhor sabe, não gosta disso. Ele é duro. Percebido?

O Padre Caetano irritou-se:

— Sargento, na Igreja todos se ajoelham na hora da Consagração, seja quem for, Coronel ou General. Deus é o Rei do Universo.

— Percebido, Padre. Percebido. O Universo, está certo, Padre, muito certo. Percebido. Mas aqui, o senhor sabe, o Coronel já disse. É a Lei Militar.

— Se ele não vai à Igreja, como é que ele sabe? Diga, Sargento, saber como?

Pelicâncio riu da ignorância do Sacerdote:

— Ora, Padre, o senhor não conhece o Coronel. Logo depois da missa, ele me chama e olha o friso das calças. Se está quebrado é porque me ajoelhei e aí o senhor percebe, não é? O Coronel me corta a gratificação. Tudo certo, Seu Padre. Percebido. Rei do Universo, tudo certo, tudo percebido. Mas aqui tem o Coronel, a gratificação... O universo é uma coisa, mas o Coronel é outra.

— Já sei, já sei. Eu também percebo o percebido. Dinheiro para o mulherio, não é?

Ar de espanto, gesto inocente:

— O que é isso, Padre! Injustiça. Dinheiro para a obrigação. Sou de honra, Seu Padre, de muita honra. Militar de carreira. Às vezes recebo um presentinho aqui, outro ali, o aniversário das crianças, percebe?

— Percebo, percebo. Um dia desses falo com dona Raimunda...

— Ora, Seu Padre, ora... Percebo... Percebo... Com sua licença...

E ia se retirando, que as falas tomavam rumo difícil.

Pelicâncio tinha dois medos: o Coronel e a Raimunda. O Coronel, velho fazendeiro, era punitivo – e tinha como fazê-lo. Ameaçava:

— Te cuida. Não quero saber de militar misturado com padrecada... Te cuida. Abusas que te tiro a patente e ainda te mando capar, que comigo é assim.

Da capação não receava. Capar quem? Onde já se viu... Pura conversa. Mas o cargo, este sim, corria perigo.

Demissão era coisa fácil. Acautelava-se, rigoroso no cumprimento do dever. De Padre, só missa.

Para Raimunda ele era apenas o Sargento "Prontidão".

O apelido nascera há muito tempo e Pelicâncio era o culpado, melhor dito, a mulatinha engraçada, que se rebolava, toda suspirosa, dizendo:

— Não arresisto a homem fardado. Ai!

Quem não resistiu foi Pelicâncio.

No princípio era apenas uma fugida. Depois a "fugida" foi espichando, espichando, entrou noite a dentro, noite grande, que noite! Em casa desculpa:

— Serviço.

Na outra noite:

— Plantão.

Depois, uma palavra que teve efeito retumbante:

— Diligência secreta.

Gastou-se a palavra como se gastam todas: pelo muito uso. A mulher desconfiou, desconfiada que era. Foi quando surgiu algo salvador: a subversão. O país ia ser entregue aos russos por maus brasileiros que eram o Zeca Rato, pintor de paredes bêbado permanente, e o velho Beraldo, farmacêutico de fala mansa e conselho amigo. Pelicâncio não podia acreditar:

— Aqueles dois! Logo quem...

E ria. Era só o que faltava.

O Coronel, porém, foi severo: sentenciou:

— Atrás da fraqueza se esconde a víbora. Olho vivo. A tropa fica de prontidão até segunda ordem.

Pelicâncio não entendeu nada. Mas entendeu a "prontidão" e prontidão foi a desculpa.

A palavra não era só mágica, mais do que isto, era forte, ameaçadora. Se a mulher reclamava, Pelicâncio reagia logo:

— Subversão... É o comunismo. Dividem tudo, até mulher.

E inquiria, enérgico, testa franzida:

— Não é isto? Percebe? Se não é o militar de prontidão eles tomam tudo e até te levam...

...para onde, nem conseguia imaginar. Para a Rússia, certamente. Mas onde era a Rússia?

Tranqüilo na ignorância ia para casa da moreninha rebolante.

Dois fatos, porém, vieram atrapalhar a vida de Pelicâncio: os russos não chegaram e a mulatinha rebolante, lá pelas tantas, parou de rebolar e disse:

— Estou grávida de filho teu.

Pelicâncio quase morreu ali, na hora. Ela insistindo:

— Meu filho precisa de pai. Te resolve.

Como Pelicâncio não se resolvia, a moreninha rebolante, que não era mais tanto, foi falar com Raimunda e acertar as coisas: dividir o soldo, pelo menos, já que dividir homem era mais difícil.

Raimunda botou a boca no mundo, não com a mulatinha, coitada, iludida, mas com Pelicâncio, cachorrão cachorrento de tanta sarna. À noite, quando ele chegou desabotoando a túnica muito satisfeito e sim senhor, ela perguntou:

— De prontidão hoje?

— Pois é, a subversão, os russos, percebido?

— Ah! É? Pois tenho uma boa notícia para o senhor. A prontidão está de barriga cheia, esperando um prontidãozinho. Ela veio aqui, seu cachorro, a pobrezinha...

– Quem? Mas quem, mulher de Deus, quem?

– Cachorro... Prontidão...

E concluiu:

– De agora em diante, Sargento Prontidão, o senhor vai esperar os russos aqui em casa mesmo.

Pelicâncio murchou. Raimunda não era de brincadeira: era bem capaz de falar com o Padre, armar escândalo, desmoralizar a farda, coisa que o Coronel não admitiria. Despachou logo a mulatinha rebolante. Custou-lhe o dinheiro que escondia, gratificações e etapas. Tudo resolvido. Mas o apelido pegou e pegou bem, espalhou-se: Sargento Prontidão.

Almerindo viu quando ele saía do quartel, imponente. Afastou-se, respeitoso, invejando as perneiras lustrosas, o porte marcial, a farda amarela bem passada.

Entardecia.

Pensou em tomar uma cerveja – que cerveja era só em festa de santo forte e Igreja cheia. Quem sabe comer alguma coisa? Mas desistiu. Temia complicações, o olho traiçoeiro fazendo algo, provocando erros. Além do mais, tinha compromisso – e sério – com o governo: seis da manhã no Dispensário. Exame de saúde. Com governo não se brinca e nem se atrasa. O soldado amarelo estava ali e garantia a ordem. Disciplina.

Foi para o hotelzinho e, no quarto, sentou-se na cama, olhando a luz acesa.

A lâmpada brilhava lá em cima, forte, majestosa. Almerindo admirou-se. Conhecia luz elétrica. Vira nas ruas, na Igreja, no armazém grande de seu Ângelo. Mas nunca assim, tão de perto, fazendo luz inteira só para ele. Algo formidável, um sol dentro de casa. Que mais não inventariam? O trem, o telégrafo, o automóvel, havia tanta coisa – inclusive o aeroplano, que ele vira um dia, passando baixo sobre o roçado. Incrível. Agora ali estava a lâmpada, acesa. Pensou, mesmo, em subir na cama e tocá-la. Seria quente? Sem dúvida. Não se arriscaria, ainda mais em véspera de compromisso... Para quê? Estava decidido a não cometer erros. Além disso, era tarde. Tinha sono.

Tirou a roupa e deitou-se. Na mala viu a camisa nova, recém feita. As botinas estavam sujas. Precisava limpá-las. Mas faria isto pela manhã, antes do café, que café seria?

Esticou-se na cama. Cobriu-se. Colchão macio. Onde estava o sono que não vinha? Em casa dormia cedo e fácil. Era deitar e deitado dormia.

Deu-se conta: era a claridade forte, como se fosse dia, o sol brilhando na lâmpada acesa. Como apagá-la? Almerindo pensou: "Deve ser na usina que apagam". Gente da cidade dorme tarde. Mas quanto tarde? Não sabia. Esperou um pouco mais. Inútil. Dormir como naquela noite de dia claro? Subiu na cama, assoprou forte. Nada. A lâmpada girou no fio, balançando dançarina. Mas continuou firme, acesa, brilhando a mais brilhar. Abriu a porta, espiou o corredor, surpresa: tudo escuro. Mas como? Assim não podia dormir. O que fazer? Chamar alguém? Não, de forma alguma, que vergonha! Um fiasco de matuto, mambira da roça.

...Almerindo era moço de expediente e inventiva. Na verdade só tinha um problema na vida: o olho esquerdo, sempre traiçoeiro e maligno, trocando tudo.

Não teve dúvidas: agarrou a botina, cuidadosamente. Depois, com o mesmo cuidado, enfiou pelo cano curto a lâmpada acesa. Amarrou os cadarços no fio. Assim tapou a luz, que se apagou – e dormiu em paz. Felizmente não cometeu erros. Estranho: acertara logo. O olho grande certamente estava cansado e dormira antes, mesmo com luz tanta e brilho forte.

Episódio 19

Um olho idem...

Levantou-se bem cedo, tirou a botina da luz, vestiu-se e foi para o Posto de Saúde.

Às seis horas um soldado verde gritou:

– Olhem as fichas! Quem perde o número perde a vez!

E repetiu a ordem.

Almerindo olhou sua ficha: número 29.

Aguardou por ali, preocupado, temeroso de que pudesse acontecer algo errado. Segurava a ficha com firmeza. Que diria dele o doutor? O pai falara na perna. Talvez fosse dispensado. Dissera:

– Não tem soldado de perna torta.

Tinha? Não tinha? Quem poderia saber?

Almerindo temia, mais que tudo, o olho grande, que era maligno e traiçoeiro.

Chegou sua vez. O soldado verde gritou:

– Vinte e nove!

Apresentou-se. Na sala pequena, outra ordem!

– Tire a roupa. Toda.

Obedeceu. Estava bem instruído. O médico olhou e disse:

– Vire-se.

Virou-se.

– O que é isso? Na perna... aí...

Apontou. Almerindo respondeu:

– Caí do cavalo, quebrei...

– Ah! Vamos ver.

Olhou rápido. Sentenciou:

– Vista-se. Pode ir. Dispensado. Seguinte!

Saiu cabisbaixo. A potranca, o burro Ezequiel, o olho grande, todos contra ele. Uma vida triste. E agora, quando pensava na cidade, no quartel, já se vendo sargento, autoridade, com mando e ordem, eis que uma simples perna torta estragava tudo. E nem mancava. Mal se via.

Voltou à tarde, como lhe disseram. Quando ouviu seu nome, apresentou-se. Na hora de pegar o papel, porém, distraído que estava, foi vítima do olho maligno: agarrou outro papel, quase o pulso do soldado verde. Embaraçado, vermelho, gaguejou desculpas que não eram palavras. Rosnava, era isso. O soldado verde riu, boa gente, dizendo:

– Dispensado! Tem perna torta e um olho idem...

– Como?

– E ainda é surdo. Repito: você tem a perna torta! E, pelo visto, um olho idem...

Almerindo mostrou interesse. O coração batia forte. Era a primeira vez que ouvia falar de seu olho. Alguém percebera. Precisava perguntar, descobrir a verdade. Encorajou-se, buscando coragem não se sabe de onde. E interrogou:

— O que é que tem meu olho?

O soldado sorriu matreiro, cínico:

— A perna é torta... Está aqui, escrito pelo doutor... Doutor não erra... E o olho, pelo visto, é idem...

— Idem?

— Sim senhor! Seguinte! Seguinte! Vamos, que isto não é estação em que trem pára.

Almerindo saiu, apressado, confuso.

Pelo menos descobrira algo: tinha um olho *idem*.

Seus infortúnios tinham nome: *idem*.

Seria alguma doença?

# Episódio 20

A moça azul e a mulher sem dente

Almerindo voltou pra casa no mesmo dia.

Não estava alegre nem triste. Conformado era o nome.

Desejava a experiência do quartel. Mas, no fundo, tinha receio. Mais do que tudo, na situação nova temia o olho grande, enganador.

Sentia-se bem voltando para casa.

Teve uma surpresa, o pai estava contente:

– Melhor assim. Esse negócio de direita, esquerda, volver, marche em frente, isso não enche prato de ninguém. Perdi duas colheitas e a festa de Santo Antão...

Riu.

Aproximava-se do velho. Um aproximar lento e, sobretudo, silencioso. Entendiam-se, apenas, o que tornava Almerindo mais diligente. Não era necessário mandá-lo: sabia o que fazer. O pai comentava:

– Moço bom taí... Sabe da sua obrigação.

E mostrava, no rosto, ar contente.

...que mudança!

Almerindo sentia-se melhor. Agora ria, brincava com as irmãs, às vezes caçava algo interessante. Era mau caçador. Errava tiro fácil. Trouxe do mato até um macaquinho, que alegrou a todos com seus guinchos de bugio novo. Pegá-lo – quem diria –, nem ele mesmo sabe como.

Aprendeu a fumar e fazia grossos cigarros de palha. Com os primos, ia a cidade para "divertir-se". O pai, preocupado, explicava num cochicho:

– Olha lá... Te cuida... Cuidado com as doenças... Olha bem, cheirando a peixe, deixe!

E era tudo. Grande sabedoria.

Almerindo sorria. Era homem, falando de homem para homem. Entendiam-se.

Para ele o corpo era composto de várias partes. Algumas agiam mais ou menos em conjunto. Nem todas. O olho esquerdo, por exemplo, era rebelde e, com ele, jamais houve qualquer acerto. Inimigo feio estava ali.

Mulheres – preocupação bastante séria. Temia que, na hora decisiva, *aquilo* no meio das pernas seguisse o mau exemplo do olho, rebelando-se também. *Aquilo* poderia erguer-se, duro, ou, então, ficar mole, dormindo tranqüilo. Tinha das suas, o infeliz. Às vezes, quando se acordava, a *coisa* estava assim de pé, espetando as cobertas. Outras vezes nem conseguia encontrá-lo na hora de *verter água*: escondia-se, encolhido, no meio do cabelo farto. Era um ser estranho e com vontade própria.

Preocupava-se, ainda, com o caminho a seguir pelo corpo e entre as pernas da mulher – até chegar: *ele* acertaria o caminho?

Preocupações.

Primo Juca gargalhava, explicando:

— Ela pega com a mão e bota lá dentro...

E se ela tivesse, também, um olho rebelde? E se errasse a mão, pegando outra coisa? Um arrepio de medo e dor corria pelo corpo, já sentindo a mão firme agarrando-lhe as bolas, apertando, puxando. Agarrar, que agarrasse o agarrado no lugar certo... Lembrava-se do Índio Capador chamado Calungo: castrava bode em cepo. Colocava os *bagos* do animal num cepo e dava-lhe, seguro, com a marreta. O bicho nem gemia, tamanha dor. Apenas a língua saltava para fora e os olhos se esbugalhavam. Calungo era mestre no ofício de capar em cepo. Contava, orgulhoso:

— Já capei até gente... O desgraçado berrava que nem o Demo. Mas na hora não sentiu nada. Garanto que é capação boa. Carece de mão firme, lá isso é verdade. Mão de cepo capador tem que ser de boa firmeza.

Temia, pois, um erro da mulher agarrando em lugar errado e apertando o que não devia apertar.

Não aconteceu nada disso.

Foi tudo bem.

Sentiu um calorão no corpo e, depois, sua barriga meio que se desmanchou quando a *coisa* começou a se soltar. Levantou-se de repente. Foi um pulo. A mulher espantou-se e perguntou:

— Ué! Tava ruim?

E depois, com raiva, cobrou:

— Cinco mil réis para o lençol! Está todo sujo. Onde já se viu? Por que não tirou as botinas?

Almerindo deitara-se de botinas. Era mais seguro. Perdê-las, nunca. Um bem precioso. Se tivesse que sair às pressas – nunca se sabe! – como calçaria as botinas? Um trabalho de longa demora.

Pagou os cinco mil réis, dinheiro contado e miúdo. E voltou para casa. Estava satisfeito. Funcionava. No seu corpo apenas o olho esquerdo era enganador e traiçoeiro. Tanto era verdade que foi obrigado a fugir de sua primeira namorada. Uma coisa triste de entristecer a própria alma. Aconteceu na festa de Santo Antão, onde tudo acontecia, de casamento a filhos. Fatiota nova, botina lustrosa, dinheirinho pouco no bolso, lá se foi com os primos para a grande festa e o baile de sábado. A mãe chamou-o de parte, recomendando:

– Cuida a irmã. Não tira o olho de cima. O noivo é rapaz direito, mas o diabo é sempre torto e de mau conselho.

E concluiu:

– A ocasião faz o ladrão, se faz...

...mas roubar o quê? Pensou Almerindo só por pensar, que logo esqueceu o assunto.

E assim todos foram para a grande festa. Estavam animados.

O baile era o ponto alto. Tinha dois gaiteiros que se revezavam, tocando sem parar. Baile de noite a dentro, Padre Caetano fiscalizando: casal apertado, nem pensar. Separava logo, olhando apenas com aquele olhar que prometia as chamas do inferno para o pecador.

Almerindo com os primos ficou por ali, rondando no salão paroquial. De repente viu uma jovem toda de azul. Alta, forte, quadris largos e cabelos pretos. Morena, como ele gostava – por que gostava de morenas? O vestido era de um azul vivo, brilhante, com laço de fita na altura do umbigo. O laço terminava numa flor amarela, bem grande. Linda. Cutucou o primo Juca:

– Olha lá.

– A de azul?

– É.

– Será que ela dança?

– Convida.

E Almerindo, confiante, aos primeiros acordes da gaita, atravessou a sala. Dançar não sabia, mas quem sabia? É verdade que seu coração estava batendo forte. Mas não havia perigo, que perigo poderia? Com tanta gente os pares escondiam-se rodopiando na tentativa de dançar. Aproximou-se, pois, erguendo a mão no convite habitual:

– A senhora dança?

...e uma voz fanha, meio chiada, parecendo um pio de galinha choca, respondeu alegre:

– *Danxo xim xenhor...*

Almerindo, espantado, viu-se abraçando uma velha que sorria feliz e chiando sem dentes. Para onde iam os dentes que caíam tanto?

Fora o olho, mais uma vez. Vira a linda moça de azul e pegara a velha desdentada e de fala fanha... Traição medonha. Pensou, mesmo, em matar: um olho de vidro seria melhor.

Fugiu.

E nunca mais foi a um baile, repetindo para si mesmo: "Dança é coisa muito enganosa".

Era mesmo.

De estranho engano e muito perigo.

Episódio 21

Preocupações

O velho voltou da cidade muito abatido. Levara dois leitões, um saco de feijão e três galinhas gordas.

Cabisbaixo disse apenas:

– Acho que foi pouco...

A mulher, preocupada, interrompeu:

– Será?

E o velho:

– Ah! Huhhh!

E encerrou-se no quarto. A mãe sacudia a cabeça, resmungando para si mesma:

– Que homem danado, meu Deus. Bem que me diziam... Protestante é assim. Tem parte com o Demo. Também, esse teimoso... Eu disse: leva mais um leitão, mais uma galinha, leva a carijó que está bem gorda. Mas ele, sovina, não quis... Seu Clemente sempre foi assim... Dia de imposto não há o que chegue... Seguro morreu de velho... Governo a gente engorda com leitão gordo...

E coçava o seio murcho, andando de um lado para o outro. Nervosa, mudava a panela de lugar – uma, duas, três, quatro vezes, resingando:

– Seu Clemente ainda paga. Tudo o que se faz na terra, na terra se paga. Por isso é que a mulher está na cama entrevada. Castigo de Deus... Protestante é que nem pagão... Pior ainda...

À noite Almerindo ouviu os dois conversando. Apurou o ouvido, chegando à parede. Escutava palavras, pedaços de frases, assuntavam assunto sério:

– A gente se muda pro alto da serra. Vendo aqui, compro lá... Os padres querem comprar. Lá em cima tem coisa barata... a Coletoria fica longe... Seu Clemente nem aparece...

A mãe:

– E o casamento da Tininha?

– A gente mata o cachaço russo... é um porcão e tanto. Dá pra festa... Também, pra quê tanta festa... Mas acho que dá e sobra...

...dá o quê?

Almerindo compreendeu: os pais iam embora. Fugiam da civilização, da cidade que vinha vindo, chegando, invasiva. E, especialmente, do temível homem da Coletoria que arrecadava impostos, implacável. Onde Seu Clemente punha tanto porco gordo?

Era assim, as coisas se misturavam: o governo recebia em dinheiro contado. Seu Clemente em taxas que tomavam a forma de leitões, sacos de feijão, ovos, frutas e tudo aquilo que fosse possível. Governo e Seu Clemente eram uma coisa só – ou não eram? Como saber, como distinguir – ninguém sabia. Quando era pouco, Seu Clemente resmungava, torcendo o corpo inteiro. Ele tinha pescoço duro. Quando queria voltar o rosto, virava o corpo todo. Mas ninguém ria, embora fosse engraçado. Seu Clemente era poderoso. Qualquer deslize e lá vinha ele com um artigo da lei:

– Artigo 154, multa de vinte por cento, acrescidas de juros e mora.

Mora ou demora? Saber, quem sabia?

Almerindo atentava para tudo aquilo. De onde vinha tanta lei? Olhava Seu Clemente com admiração. O homem tinha imenso poder. Diante dele todos tremiam, até mesmo o Sargento Pelicâncio, vejam só! Quem diria! Seu Clemente estipulava:

– Multa de vinte mil réis.

Uma fortuna.

E se a vítima, por qualquer gesto, mostrasse desagrado, era pior, pois ele acrescentava:

– Mora de trinta por cento.

"Mora", eis a palavra mais terrível na região. Incorriam nela todos os seres vivos, até mesmo os animais, como aconteceu com o burro Ezequiel. Seu Clemente perguntou:

– Esse animal tem licença?

– ?

Condescendente o coletor disse, apenas:

– Bem... por enquanto passa. Mas que não abuse.

O pai, humilde, murmurou:

– Sim senhor.

Almerindo, vendo aquilo, pensava num meio de vingar-se. Mas, de que forma? O pai tinha razão: mudança era o remédio. A serra, o interior, o mato. Mudar-se. O mato protegia a todos. Mas era vida ruim, de índios, de bugre. Ruim viver no mato. Preferia a cidade. O governo, além de tudo, tinha braço comprido. Chegaria lá também. Melhor ficar na cidade, emprego certo, dinheiro seguro no fim do mês. Não era assim? Pois é.

Viu o pai cabisbaixo, preocupado, enrolando, meio trêmulo, o cigarro de palha. A mãe, na cozinha, mudando a panela de um lado para o outro.

O que fazer?

Almerindo sentia-se inútil. O problema talvez fosse ganhar mais, produzir tanta coisa, mas tanta coisa, que sobraria para o governo, Seu Clemente, Padre Caetano e até para o Pastor Humberto que às vezes chegava, humilde, com seu peditório. Padre Caetano era mais enérgico. Ameaçava:

— Só esse leitão magro para o Senhor Bom Deus? Só isto? Depois, se vier uma seca danada, não me venham pedir missa e procissão. Não adianta chorar em leite derramado. Deus vê tudo.

E lá se ia, carrancudo, o leitão guinchando na charrete. E, quando a chuva tardava, a mãe, rabugenta:

— Não te disse? Por que tanta miséria? Logo aquele leitão pesteado... Por que não deu o grande, o cachaço? Por quê?

O pai não respondia.

Almerindo irritava-se:

— Ora mãe! Esse Padre não é vigário, é vigarista... Onde já se viu Deus comendo leitão gordo?

Ela se benzia:

— Deus do céu! Esse menino tem parte com o Demo... Era só o que me faltava! Pagão...

O menino era um homem e, preocupado, imaginava coisas, pensava com seu olho torto, que pensar era seu ofício. Buscava soluções.

A primeira idéia foi uma grande criação de vacas. Por que não? A vaca brazina tinha uma terneira. A terneira, em breve, daria cria: outra terneira. Eram três, a terceira paria outra: quatro. A quarta, mais outra: cinco. Enquanto isto, a primeira, a segunda, a terceira – pariam, cada uma, outro animal. Talvez surgisse, no meio, um touro. Sem problema. Era necessário. Assim não teria que pagar taxa de touro ao Coronel Taquatiara.

Um bom negócio, pois. Vacas. E tinha o leite que não contara, se bem que o italiano agora estivesse pagando menos.

Almerindo atrapalhou-se nas contas. Refez tudo, novamente: uma vaca, um terneiro; uma vaca e um terneiro: dois terneiros; os terneiros, agora, eram vacas. Três vacas, então. Logo, mais três terneiros. Portanto, seis cabeças. Cada cabeça, um terneiro: doze cabeças. Destas, um terneiro cada. Somou: vinte e quatro. Uma tropa, riqueza feita. Por que o pai não via aquilo? Positivamente, o velho não tinha cabeça.

Surgiu, porém, uma dificuldade: onde colocar tanto gado? Almerindo não sabia.

E galinha? Galinha talvez fosse mais fácil. Requeria pouco espaço. Cada galinha chocava quinze ovos. Quinze pintos. Morriam três ou quatro, não mais. Resultado final: uma dúzia. Os pintos cresciam, transformavam-se em galinhas que, por sua vez, chocavam quinze ovos, cada uma...

Era algo assim tão grande que nem se podia fazer as contas. A galinhada cobriria o campo todo, até a cidade, enchendo o mundo. Gritaria bem alto:

— Esta aí, Seu Clemente, quinhentas galinhas... Chega pro governo?

Via-se a caminho da cidade levando a galinhada imensa. Claro, não teria condução suficiente para transportá-las. Sem problema: a solução era simples: atava uma na outra, assim, pelos pés, com cipó forte. Haveriam de admirar-se todos, vendo ele à frente daquela tropa. Tropa enorme: galinha atrás de galinha, uma fila do tamanho do mundo. Era gente perguntando:

— O que é isso?

— Galinha... Galinha...

— Mas pra que tanta galinha, meu Deus? Pra quê?

— Pro governo, o coletor, o Sargento Pelicâncio, o Padre Caetano, o Pastor Humberto... Galinha pro mundo inteiro. Vejam só: essa fileira daqui até lá em casa, muitas léguas. Não termina nunca.

E continuava em seu desfile, seguro e firme, conduzindo milhares e milhares de galinhas, até a capital, até a sede do governo. Entregaria pessoalmente, ele mesmo.

E milho? Pensou de repente. Onde encontraria milho pra tanta galinha? Havia sempre algo atrapalhando tudo. Não fosse o milho, estaria rico de riqueza certa.

Mudou, pois, os seus planos, pensando, agora, numa grande plantação de milho. Se milho era o problema, milho era a solução. Cada grão dava um pé, cada espiga tinha quase cem grãos, portanto cem pés de milho que dariam, no mínimo, três espigas, cada uma com cem grãos... Era milho para cobrir o mundo inteiro e alimentar todas as galinhas da terra. Um negócio e tanto: milho.

Ao invés de um saco, levaria cem, duzentos, ou mil: mil sacos. "Seu Clemente, taqui um milhozinho para o senhor e o governo... Sirva-se a vontade". E deixaria ali, no meio da rua, a sacaria toda... Montanha de milho. E, pensando nisto: um problema surgiu de repente. Sempre havia um problema: onde encontraria saco para tanto milho? E milho sem saco, brota logo.

Desistiu do projeto e pensou numa plantação de cana. Seu Orozimbo era dono de um alambique. Quantos tragos dava uma garrafa de cachaça? Eis um bom negócio. Levava a cana, trocava por cachaça e vendia na cidade. Punha uma venda só de cachaça. Não havia "Casa das Sedas"? E a "Sapataria Eni"? Cada macaco no seu galho. Imaginava o letreiro: "Armazém Almerindo – Só Cachaça". Ou então: "Cachaçaria Almerindo". Quem sabe?

Cansado de tanto pensar, adormeceu, pensando ainda, e já no fim, deduziu que para o armazém da cachaça havia também um problema: onde conseguir tanta garrafa? E concluiu, já no sono, que era difícil fazer qualquer coisa certa na vida.

Acordoue muito cedo. O pai estava a espera. Disse apenas:

– Vamos de muda... Pra serra...

E Almerindo, ali mesmo, decidiu-se:

– Não, pai. Eu não vou. Fico na cidade...

Sua primeira reação na vida.

Concluíra que, na roça, era impossível realizar qualquer plano. Havia sempre algo atrapalhando. Se criava gado, não tinha campo; se criava galinha, não tinha milho; se plantava milho, não tinha saco. Um inferno.

O pai ouviu a reação. Não disse nada. Compreendia.

A mãe começou a chorar. Almerindo, porém, viu-se rindo sozinho, de riso por dentro.

Estava alegre.

E não sabia porquê.

Episódio 22

...De como se encerra um episódio e se começa outro

O pai vendeu a terra.

Os padres pagaram bem.

Fez um bom negócio.

Tininha casou-se.

Foi outro bom negócio.

Carnearam o cachaço russo para a festa. Estava bem gordo: deu duas latas de banha, muita carne e um saco de torresmo.

Foi, também, um bom negócio: venderam a banha; comeram o torresmo.

A família mudou-se para o alto da serra. O pai comprou uma colônia inteira. Era terra que não acabava mais.

Foi outro bom negócio: a terra era ótima e ficava muito longe da Coletoria, num lugar de acesso difícil. O pai alegrou-se. A mãe coçava o seio com força. As meninas riam, cochichando, falando ninguém sabe de que nem pra quê.

Encerrou-se um episódio e abriu-se outro.

Na verdade, abriram-se dois episódios. Um deles, porém, não tinha importância: era o episódio da família na serra. A vida continuava como sempre: as meninas crescendo, casando, tendo filhos. Um caboclo troncudo já andava de olho na mais nova...

Era assim. Sempre assim: plantar, colher, viver a vida – enterrando uns; batizando outros. A vida.

Almerindo, por sua vez, tinha planos.

Queria ir para a cidade. Foi para a cidade.

Este é um episódio muito interessante, porque Almerindo, além de planos, tinha medo. Não da cidade, é claro. Mas do olho grande. Ultimamente ele andava muito quieto, o que era sinal de perigo – e perigo sério.

Cuidou-se, pois, em não provocá-lo.

Episódio 23

Um grande negociante

A cidade era um vilarejo que vivia em torno do quartel e da estação ferroviária: 30 mil habitantes. Um mundo: gente que não acabava mais.

O tio morava num subúrbio, explorando uma espécie de granja: verduras, ovos, lenha, às vezes galinha gorda, às vezes leite de três vacas.

A lenha tinha comprador certo: o turco do Hotel Progresso e o português do restaurante. Havia compradores ocasionais: poucos.

Já com a verdura, a coisa mudava: o produto era oferecido de rua em rua. Melhor dito: de porta em porta. Graças a isso Almerindo conseguiu seu primeiro emprego. Foi, também, o primeiro a introduzir a propaganda moderna no sul do país. Humilde, ele disse:

— Tio, eu não posso ajudar na entrega...

— Por quê?

– Bem... O senhor sabe, o pai já falou, não falou? Eu tenho um olho engraçado... Este aqui.

Não sabia explicar: apontou:

– Ele vê uma coisa, mas eu pego outra. Ninguém nota nada, mas é assim. Eu não sirvo para isso: olho um pé de alface e pego um repolho, olho uma porta e bato na outra... Ainda mais aqui na cidade, tudo junto, casa com casa. Não dá, tio, não dá. Faço qualquer trabalho... Corto lenha, viro a terra. Sou de trabalho, tio, trabalho duro, pesado...

Foi um discurso impressionante. Almerindo nunca falara tanto. Nem imaginava que pudesse fazê-lo. Coisas da cidade, certamente. Estava aprendendo. Aqui o povo fala demais. Bem que o pai dizia: "É só conversa. Na hora do pega pra capá desaparece todo mundo". E ria, meio tossindo: "Ah! Ah! Ah!".

Engraçado. Almerindo achou que estava ficando falante. Preocupou-se. O tio escutou em silêncio, pensativo. Depois disse:

– Está bem... Está bem... Mas parado é que não se pode ficar.

Não podia mesmo. Ali todos trabalhavam. Era, porém, um trabalho diferente, miudinho, agitado, que rendia pouco.

Na roça o trabalho aparecia do milagre da semente que se transformava em planta, cobrindo a terra.

Mas, no dia seguinte, o tio convocou:

– Vamos.

Foram. A carroça bem cheia, verdura transbordando.

O tio parava, batia nas portas, oferecendo, regateando preços. Trabalhoso.

Andaram até bem tarde – meio dia já longe, estômago roncando de fome. E o tio vitorioso:

– Viu como é fácil?

Almerindo pensava, pensava – que pensar era seu ofício – olhando o chão, absorto. O tio insistindo:

– É bater, assim com o cabo do relho. A dona vem, a gente oferece...

– Por que isso?

– Isso o quê?

– Bater de porta em porta?

O tio não compreendeu. O irmão bem que avisara: "Esse rapaz é meio gira, de perder tempo que não se pode perder".

Foi então que Almerindo propôs:

– Olha, a gente grita na rua, bem alto: verdura, verdura! E o povo todo vem. É mais fácil. Eles vêm, a gente não vai.

O velho pensou um pouco: duvidava. Era mudança muita pra cabeça pouca:

– Será?

– Mas claro! Como em circo de burlantim...

...o que tinha de ver o circo com a venda de verdura ninguém sabia.

– Bem, pode ser. Mas gritar eu não grito, lá isso não.

– Pois eu grito. Está aí um trabalho que eu posso fazer. Sou bom de grito.

E, dizendo isto, abriu o peito, num berro medonho que se ouviu na cidade inteira:

– Veeeeerrrrrduraaaaa!

O cavalo, assustado, quase disparou, não fosse o tio bom de rédea.

A rua logo se encheu de gente. Até o barbeiro, de navalha em punho, veio para a calçada, freguês ao lado, rosto de espuma pura:

— Nossa mãe, o que é isso?

O tio estava encabulado. Queria esconder-se. Mas Almerindo, o rosto vermelho, olho esquerdo saltando, berrava possesso:

— Veeeeerrrrrduraaaaa!

E o vozeirão ecoava pelas ruas.

O povo, ali reunido, curioso, foi chegando e comprando por necessidade ou por comprar apenas. Em pouco tempo não havia mais nada. Um sucesso. Almerindo exultava, triunfante:

— Viu? Viu? Como nos burlantins...

E o velho, também sorrindo:

— É... é... é... é...

...enquanto tocava o cavalo:

— Vamos... Vamos... Vamos... Anda!

Estava com pressa. De repente, porém, mostrou-se preocupado:

— Compraram tudo... Muito freguês bom ficou sem nada...

E Almerindo, que acabara de criar a propaganda moderna, teve um lampejo de inteligência e – sem saber – inventou o marketing:

— Se todo mundo compra, a gente sobe o preço, ué!

Uma idéia e tanto: vender menos e ganhar mais. Almerindo tinha cabeça de bom pensar. O tio, espantado, reagiu com energia:

— O que é isso, menino! Não sou ladrão!

Não era.

E por isso fracassou a primeira tentativa de se introduzir no Brasil os modernos métodos do consumo de massas.

Almerindo contentou-se em ficar, apenas, na parte da propaganda. Todos os dias acordava a cidade com seu berro medonho:

– Veeeeerrrrrduraaaaa!

E o povo vinha e comprava. Eles não iam: era venda no grito, como dizia o tio.

Um grande negociante.

Almerindo não sabia e morreu sem saber: com ele começara a publicidade moderna no sul do País. Quem diria?

Episódio 24

Outro grande negociante...

O sucesso não durou muito.

A novidade deixou de ser novidade.

A voz de Almerindo foi baixando, baixando, baixando: tornou-se um tranqüilo anúncio que apenas despertava as donas de casa para a compra normal de verdura. O tio, que antes mostrara-se encabulado com a propaganda em vozeirão, agora insistia, exigente:

– Grita mais alto!

Almerindo gritava. E ele:

– Mais alto! Mais alto!

Um inferno.

Começou, então, a pensar em outro ramo de negócio.

Primo José tinha um caminhão Ford. Era o orgulho da família. Viajava para lugares desconhecidos, misteriosos. Ia longe, primo José, com aquela geringonça, fazendo fretes, transportando cana, arroz, milho e até leitões. Ajustava o preço, regateava e, depois, dinheiro na mão, lá se ia estrada afora. Falavam que tinha ido até a Bahia. Exagero, sem dúvida. Quem poderia chegar tão longe?

Almerindo começou a pensar, seriamente, em possuir, ele também, um caminhão. Mas algo novo, reluzente, com janelas de vidro e carroceria de ferro.

Primo José iniciara de baixo, mourejando firme. Era esperto de boa esperteza. Sabia comerciar, bom negociante com tinos de mascate. Já de pequeno trocava dois por três.

Tudo começou com uma cabra leiteira. José ganhou a cabra alugando o terreno do pai para um acampamento de ciganos. Queriam dar-lhe um tacho de bronze. Mas ele recusou:

— Pra que serve isso? Quero a cabra leiteira.

Barganharam. Discutiram, que cigano é duro de negócio.

José ganhou.

O leite de cabra era muito forte, descobriu logo, razão pela qual punha nele uma boa parte de água. Assim triplicava a produção, que vendia na cidade. Leite bom e gordo estava ali. Quem desconfiar poderia?

Com o dinheiro comprou uma vaca, no que foi muito infeliz. A vaca era fraca, dava pouco leite e morreu logo de peste. Mau negócio.

Não desanimou, porém: vendeu o couro da vaca no curtume: por bom preço, porque havia uma crise geral de couros. Não se deixou lograr. Preço era preço. Com esse dinheiro comprou uma bicicleta. Auxiliava Seu Manuel carteiro nas entregas. Na verdade fazia todo o trabalho. O carteiro ficava em casa, consertando sapatos. Dava-lhe uma parte do salário, parte pequena, é claro. Mesmo assim ganhava bem. Era subcarteiro. Sentia-se importante. A bicicleta ajudava: entrega rápida.

Mais tarde trocou a bicicleta por um motociclo velho, que reformou todinho. E pintou de cores vivas. Pensava em ganhar mais. O motociclo, porém, mostrou-se inútil. Não havia tanta carta para entregar. E o preço da gasolina? Um prejuízo.

Tinha acumulado algum dinheiro, o que serviu para novo negócio: a troca da moto por um carro velho que reformou, reforma completa. Era habilidoso. Nesse automóvel José trabalhou seis meses.

A intenção era pô-lo a frete, na praça. Mas os motoristas, especialmente da estação ferroviária, resistiram de cara feia e briga séria. Não permitiram que ele fizesse ponto na hora dos trens de passageiros. Uma desgraça.

Primo José, porém, não se rendeu: fez outro ponto, que se revelou mais lucrativo: no Hospital de Caridade. Doente era passageiro certo que não discutia preço. Levou até um defunto, sentadinho como gente viva. Um pecado. É claro que cobrou mais.

O dinheiro entrava fácil e, com ele, fez nova troca, agora definitiva: o carro pelo caminhão – ponto final em sua carreira de comerciante trocador. Estava realizado. Casou-se. Gerou filhos. Construiu um chalezinho na Vila Leste, que pintou de verde. Era respeitado. Um grande comerciante, de muito jeito e bom tino. Caminhoneiro de primeira estava ali: responsável e de trato certo. Um exemplo.

Almerindo imaginava seguir o mesmo caminho.

Não se atrevia, porém, a dirigir um caminhão. Parecia-lhe algo imenso. Descomunal. Além disso, o olho grande estava ali para enganá-lo como aconteceu com a bicicleta. Parecia fácil. Bastava montar e sair pedalando aquela coisa. E foi assim: viu o poste, tentou desviar. Desviou, é bem verdade – e bateu no poste! Já se viu? Um talho fundo na testa e a roda em cacos. Teve que pagá-la. Prejuízo grande – um sacrifício para bolso tão sacrificado.

Inútil, pois, tentar o comércio. Além do mais, onde conseguiria uma cabra leiteira para iniciar a troca-troca e chegar até o caminhão? Difícil, muito difícil. Era negócio de ciganos. E os ciganos vinham quando menos se esperava. E às vezes não vinham – de onde? De que terras? Um mistério, os ciganos.

Desesperado, pensou em fazer-se funcionário público e coletor de impostos. Seu Clemente estava rico, até fazendeiro era. Um bom negócio. Rendia muita galinha e muito porco gordo. Bom negócio... bom negócio...

Mas começar por onde?

Problemas, que deles era feito sua vida.

Episódio 25

Política

Almerindo tinha coragem. Sua timidez era aparente, vinha do olho grande, traiçoeiro. Medo: dele tinha medo. Evitava complicações sabendo que o mundo das coisas lhe era adverso e trocado. Errava na direção, criava problemas desse tamanho e sofria, envergonhado. Mas coragem para a vida não lhe faltava. Resolveu, pois, falar com o coletor, o velho Clemente – e pedir emprego. Um despropósito, dizia primo José. Quem se atreveria a tanto?

Mas Almerindo não foi assim, direto, batendo na porta escoteiro e só. Ele tinha manhas de manhoso velho e aprendera no campo. Dizia para si mesmo: "Cada bicho tem sua balda; cada cavalo tem seu lado de montar". Filosofia.

Concluiu, com acerto, que na casa de Seu Clemente seria mais fácil. A Coletoria era algo aterrador, imponente. Ali estava o coletor, severo a cobrar multas e juros de mora. Mas em casa? Quem sabe? Primeiro sondaria a mulher, dona

Dionésia, boa pessoa, conhecida por Nené, presa em sua cadeira de rodas, que suplício. Boa pessoa estava ali. Além disso, eram conhecidos. Almerindo gostava da mulher, tão simpática. Quando ia com o pai, impostos de um lado presentes de outro, não esquecia um saco de laranjas do céu, bem doces, que eram a paixão de Dona Nené. Nunca poderia imaginar que de tão pouca laranja resultasse tanto na vida. Pois resultou. Dona Nené, que não podia ir, não esquecia quem vinha até ela e que eram raros. Almerindo um deles.

Foi visitá-la.

Quem atendeu a porta foi a menina Dorinha. Clemente tinha duas filhas: a Clarimunda, trintona, muito feia, rosto fino, já com rugas vincando a pele. Da ponta do nariz nascia um tufo de cabelo preto, todo enroscado. Um despropósito. Menina Dorinha, ao contrário, era linda: rosto redondo, liso, corado. Os seios bem para cima, empinados, naquele balanço de ir e vir pedindo – pedindo o quê? Ela apertava os seios por baixo, fazendo saltar mais – de propósito, a safada, provocando os rapazes. Uma tentação que pai e mãe guardavam para negócio futuro e bom.

Almerindo chegou de mansinho, perguntando pela saúde, requerendo notícias, cabeça baixa, jeito matreiro que era – humilde que de humildade é que pequeno trata o grande. Depois, vendo-se bem recebido, explicou a Dona Nené o que pretendia:

– Queria uma colocação... Emprego... Sou de qualquer trabalho. Pego no pesado, não escolho, mas prefiro emprego certo... Pensei que Seu Clemente, tão bondoso...

Parou e pensou um pouco: de onde tirara aquela idéia: Seu Clemente bondoso. Só rindo. Dona Nené, que diria?

Mas não disse. Ao contrário sorriu, compreensiva. Entendia.

Almerindo, agora homem, era rapaz taludo. Deixara crescer um bigode grande, muito preto, que menina Dorinha não se cansava de olhar, babosa. É verdade que ele mantinha a cabeça baixa, meio de lado, curvando-se um pouco. Procurava enganar o olho esquerdo, corrigir o foco, ver as coisas direito. Não fosse, agora, cometer engano comprometedor.

Dona Nené gostava do rapaz. Não esquecia as atenções recebidas, que eram poucas no reinado absoluto de Seu Clemente. Viu nele, experiente que era, partido bom, seguro, coisa séria, diferente dos moços da cidade sempre querendo safanagem. Não pegara a menina Dorinha de agarro firme com o filho do tenente Licurgo? Onde metia a mão aquele cafajeste? Perdição. O mundo estava perdido. Almerindo, esse não. Era moço de fora, educado a antiga. Prometeu:

– Vem amanhã, ao meio dia, falo com o Clente.

...Clente? Por que Clente? Era assim chamado em casa. Estranho: perdia a imponência. Não amedrontava ninguém com um nome assim tão reduzido. E Dona Nené:

– Arruma-se... Arruma-se... O que não se arruma neste mundo?

Era seu jeito de ser triste.

Almerindo despediu-se, contente.

Menina Dorinha sorria, provocativa. Ele sorriu, também. Os seios, assim empinados, vieram até a porta, roçando-lhe o braço, pedintes. Despediu-se compenetrado:

– Até amanhã.

E ela, dengosa, que coisa!:

– ...manhã...

Voz muito mole, molengosa, desmanchando-se na boca.

Almerindo voltou no dia seguinte, logo depois do almoço, que não fosse parecer cavalo magro pedindo comida em hora certa.

Não viu menina Dorinha. Seu Clemente fumava charuto. Atemorizava. Foi logo perguntando:

– O que é que tu sabes fazer?
– De tudo um pouco.
– De tudo o quê, seu!?
– Bem... de tudo.
– Sabe ler?
– Bem... fui até o *ovo* e a *uva*. Parei na *batata*. Assino meu nome.
– Grande coisa! Parou na *batata*?
– Sim senhor.
– Por quê?
– Pois é, não sou muito bom de letras...
– Vamos ver... Vamos ver... Você é do Partido?
– Não senhor.
– Pois entra logo no Partido e depois volte aqui.
– Sim senhor. Muito obrigado, passar bem.

E retirou-se, que ficar mais tempo sem convite não é de boa educação.

Da porta viu a menina Dorinha que espiava pela cortina. Sorriu. Ela sorriu também. Abanou. Ela abanou também. Os seios, não viu os seios. Escondiam-se onde?

Estava contente – pelo emprego possível e pela menina. Gostavam-se.

Em casa falou com o tio. Ele tinha experiência da cidade. Diria o que fazer, explicando a história do Partido. Que Partido?

Almerindo tinha idéia vaga da política, que se resumia no grande churrasco eleitoral. Depois votavam todos no candidato do governo, menos alguns, que eram pessoas falhas de respeito. Ficavam contra o governo: um despropósito, sem motivo e sem razão. Na cidade seria a mesma coisa.

Mas não era. O tio explicou, que ele sabia tudo:

– Tem o Partido que é do governo e tem o Partido que não é do governo...

Confusão. Quem é de quem afinal?

Almerindo foi direto, perguntou:

– O senhor está no Partido? O velho sorriu, matreiro:

– Nos dois, pra me garantir...

...como assim nos dois?

Almerindo não entendeu. Mas não perguntou. Lá fora votavam todos com o governo. A coisa era clara: se alguém reclamava, o Sargento Pelicâncio vinha com os soldados. Prendia, impunha ordem. Governo é governo. Os descontentes ficavam na cadeia e, depois das eleições, Pelicâncio soltava os presos, dizendo:

– Agora podem ir votar...

...votar onde?

E ria, com aquela risada que não era bem riso, mas um barulho de água em gamela grande.

Almerindo, ali curioso, perguntou:

– E o que fazem os Partidos?

– Bem... é mais ou menos assim: o partido do governo diz que está resolvendo a nossa vida...

— E o outro?

— O da oposição diz que vai resolver a nossa vida...

— Então é a mesma coisa.

— É e não é.

Almerindo, confuso, desistiu de entender. Perguntou, por perguntar:

— E só tem esses dois partidos?

— Não. Tem mais... Uns quantos... Mas não contam... Tem até o partido do Eliseu ferroviário, que é o comunista, muito engraçado. Não aparece, nem vota, só distribui boletim dizendo que vai repartir tudo... Até que seria bom... Mas não reparte nada, só conversa. O delegado pega o Eliseu e senta-lhe o pau. Ele grita pela rua que vai enforcar a polícia...

— Minha Nossa Senhora!

O tio achou graça do susto:

— Não enforca nada... Em política ninguém faz nada do que diz. É só dizer por dizer... O Eliseu não enforca ninguém. Fica ele, o da farmácia, o pintor da garrafa... É por aí. Não matam nem pulga em cachorro velho...

Almerindo, mais confuso ainda, perguntou pergunta que o preocupava:

— Em qual deles eu entro?

A resposta foi categórica:

— No Partido do governo, ora essa! Em qual mais?

E Almerindo tornou-se governista convicto, mesmo depois que Getúlio fechou os partidos.

Seu Clemente, soberano, aprovou.

Episódio 26

Noivado

Almerindo visitava a casa regularmente, às quartas-feiras e aos sábados, esperando o emprego.

Seu Clemente, protelando:

– Quero coisa boa... Porcaria não adianta.

E tirava uma longa tragada do charuto imenso.

Almerindo, paciente, ficava ali, comendo bolinho e tomando mate doce que ele abominava. Dona Nené fazia tricô, cochilava, suspirando:

– Ai que vida! Coisa boa é gente moça. No meu tempo...

E parava. Almerindo gostaria de saber como era no tempo de Dona Nené. Inútil. Nunca soube. Ela nunca disse.

Menina Dorinha caminhava saltitante. Os seios cada vez maiores, indo e vindo. Clarimunda arrumava-se toda, pintava o rosto, escondia a verruga do nariz, disfarçava as rugas. Fazia-se bonita, se possível. E Seu Clemente, lá pelas tantas, perguntava:

— Ainda estão aí?

Estavam.

Almerindo compreendia. Retirava-se, educado.

Uma noite, porém, encontrou a sala vazia. Nem Dona Nené, nem menina Dorinha, nem Clarimunda. Apenas Seu Clemente, agora vestido, coletor de ar severo. Almerindo pensou: "Negócios, é o emprego".

Não era.

Seu Clemente tinha outro assunto. Foi direto, que nunca fora homem de conversa:

— Vou ver sua colação, seu! Um bom emprego. Está na hora. Futuro certo, muito certo. Mas antes disso temos algo mais sério, uma conversa de homem para homem.

Almerindo estremeceu. Teria o velho desconfiado de seus olhares? Mas, se ficava só no olhar, que mal havia, se mal havia? O coletor continuou, soberano:

— Tenho duas filhas solteiras e o senhor anda por aqui, seu! Arrastando as asas...

Quis protestar. Não encontrou palavras: gaguejou, desculpando-se. Seu Clemente, porém, sorriu compreensivo, de repente era outro homem, todo amigo:

— Bobagem... Bobagem... Falo porque sou pai. Mas compreendo. Também fui moço... As meninas estão aí prendadas, lindas... Pretendentes é que não faltam...

Faltavam. Continuou.

— Você é homem direito, livre e desimpedido, de boa família. Eu compreendo... Compreendo... Mas, tome decisão, seu! Não pode noivar com as duas.

Era isto: nem pensara. Namorando as duas, uma barbaridade.

— Mas Seu Clemente, eu...

— É isso, seu! Bom emprego, futuro garantido. Arranja-se tudo. Depois é só montar casa, estabelecer-se, não é? Pois é.

Era.

Chamou:

— Meninas.

As duas entraram, vestidas de festa, encabuladas. Clemente sorriu, mas um sorriso enérgico:

— Decida-se! Isto aqui é casa de família, seu!

Almerindo gelou. Conhecia aquele tom de voz: era a voz do coletor cobrando taxas, juros e mora. Decidiu-se, que caminho outro não tinha. E decidiu-se pelo melhor: olhou os seios empinados, indo e vindo, pedintes. O rostinho redondo, bochechudo — Deus do céu! Com a mão aberta, apontou...

...e apontou errado, para a Clarimunda! Que deu um passo a frente, toda sorriso. Menina Dorinha saiu correndo para dentro de casa, em prantos. Chorava por que, afinal? E Almerindo, atônito, mal podia compreender que fora, outra vez, traído pelo olho grande. Quis explicar, dizer qualquer coisa, desfazer o engano. Mas Seu Clemente já estava ali, de braços abertos, gritando:

— Meu filho! Meu filho!

E baixinho, bem baixinho, quase no ouvido, pela primeira vez em tom cúmplice:

— Escolheu bem, que mulher bonita é sempre um perigo trabalhoso.

E Seu Clemente virou a cabeça e com o corpo todo, pescoço duro que era.

Dona Nené chorava. O cachorro latia. Por quê? A empregada oferecendo café e bolinhos. Estava tudo preparado. Almerindo gaguejando. Clarimunda sorrindo. E Seu Clemente cochichava de novo:

– Escolheu bem, meu filho. Escolheu bem. Mulher madura é sempre de mais respeito. Você é bem o que eu esperava. Tem futuro. Tivesse passado da *batata* iria longe... Seria ministro com tanta leitura.

Almerindo, de repente, viu-se de braços dados com Clarimunda. Noivo oficial.

Naquele dia pensou, seriamente em arrancar o olho esquerdo. Matá-lo. Mas, depois, desistiu. Pensando bem, menina Dorinha tinha um ar muito sapeca, um jeito brejeiro de caminhar sacudindo as ancas. E os seios – por que iam tanto e vinham tanto? Além disso, Seu Clemente era um sábio: mulher madura é de mais respeito. E de respeito ele necessitava para começar a vida.

Tinha razão. E sorte.

Menina Dorinha, meses depois, fugia com um Caixeiro-Viajante. Almerindo pensou: "De boa me livrei. Há males que vem pra bem".

Vem.

Pela primeira vez sentiu coisa boa no olho esquerdo. Arrependeu-se, mesmo, da idéia assassina. Coitado! Não era lá tão ruim assim. Tanto que ali estava, noivo de mulher séria e em véspera de bom emprego.

Episódio 27

...De muito futuro

O velho coletor foi franco:

– Emprego de futuro, é isso que eu quero... De muito futuro!

E foi falar com o Prefeito Municipal, exigindo cargo importante para o genro.

Havia, porém, uma dificuldade séria. Almerindo explicou o já explicado:

– Não sou muito de letras... Fui até o *ovo* e a *uva*...

Clemente, esquecido, espantou-se:

– Só isso?

Almerindo encabulado:

– Pois é... pois é... empaquei na *batata*... Já lhe disse, não disse? Aquela vez primeira.

O coletor esquecera. Mas agora, genro em perspectiva, inquiriu nervoso:

– Por quê?

— Bem... Isto é... Eu contei quando pedi a colocação... Fui franco. Fiquei na *batata*... O senhor sabe, *batata* é palavrinha difícil. Soletrava mal, nunca dava certo. Saía sempre *ploploque*...

O velho coletor pensava, pensava, ruminando: conformava-se. O que se fazer podia?

— Vamos ver... vamos ver...

E Almerindo, notando o problema:

— Se o senhor quiser a gente desmancha...

O coletor pulou da cadeira, apavorado, antevendo a filha no encalhe, solteirona:

— Não. Absolutamente... Absolutamente... O que é isto, seu? Já se resolve o caso. Você vai aprender uma coisa só. Uma só! Está me ouvindo? Uma só!

— Sim, senhor.

— Uma coisa só: "A consideração superior". Ouviu? Escreva isto bem certo. E nada mais. Ouviu? E assina. Assinar sabe, não sabe?

Almerindo sabia:

— Sim senhor.

— Pois é isto: "A consideração superior".

Explicou:

— Todo requerimento vai a consideração superior. Então é isso: você recebe o documento, faz que lê, pensa bastante, resmunga, diz que se trata de um caso difícil, faz pose. Caso difícil, não esqueça: caso difícil.

Olhou Almerindo ali, encolhido, e gritou:

— Levanta a cabeça, seu! Ânimo! Não faça do fácil difícil.

Almerindo ergueu a cabeça, aprumou-se. Clemente prosseguiu:

– Então você pega o documento e escreve: "A consideração superior". Certo?

E foi falar com o Prefeito.

O Prefeito relutava, prometia, adiando a solução. O coletor tinha influência, era ligado à colônia. Mandava no interior.

Não havia vaga. Os quadros estavam mais que cheios. O orçamento estourava. Um problema. Clemente, irritado, vendo o casamento adiar-se, a filha encarquilhando, Almerindo cada vez mais arisco, temeroso. Ia tudo mal. Um ano de azar: imposto caindo, leitões diminuindo em gordura e quantidade. Resolveu, pois, dar um ultimato. Foi novamente ao Prefeito:

– Meu caro, estou pensando em pedir transferência. Vou a capital. Aqui não tenho prestígio mesmo. Veja o caso do Almerindo, moço inteligente, culto, aí perdido, enquanto nulidades são protegidas. Vou a capital, falo com o homem, velho amigo, companheiro de escola...

O Prefeito, assustado, justificou-se:

– Vontade não me falta. O que me falta é um cargo vago. Tenha paciência... Tenha paciência...

Nisso Seu Clemente viu um som ritmado. Aquilo batia constantemente: plaft, plaft, plaft. Parava um pouco e, depois: plaft, plaft, plaft.

O que seria? Olhou e viu: Januário, o amanuense, estava carimbando papéis. Atrapalhava-se todo. Às vezes voltava atrás, conferia as folhas, contava, recomeçando o serviço.

Clemente era muito sagaz. Percebeu logo a oportunidade. E falou:

– Viu? O Januário precisa de um auxiliar. Como é que pode, com aquele trabalho todo? É por isso que este país não anda. Falta iniciativa, seu! Divisão de responsabilidade. Veja na América do Norte: é tudo especializado. Olhe só que miséria, seu! Olhe só! E logo carimbo que é importante. Onde se viu papel oficial mal carimbado?

O Prefeito olhou espantado.

Januário, vendo-se alvo do superior, atrapalhou-se mais ainda. O carimbo teimava em bater no meio da banda. Ao invés de "Prefeitura Municipal", aparecia apenas "*eitura Muni*". Ou, então, pior ainda: "*Pre   cipal*". Às vezes cortava ao meio, na horizontal. Não se via nada! Faltava tinta, ou vinha tinta demais. Um desastre.

Clemente, vendo aquilo, foi categórico:

– Essa função requer um auxiliar competente.

O Prefeito, desesperado, concordou.

Um novo cargo surgia.

E Almerindo foi nomeado "Auxiliar de Carimbador Oficial classe B.", cargo em comissão.

Nunca entendeu o classe B. B de que e por quê? Mistério. Coisas de governo.

Marcou-se, então, o casamento.

Episódio 28

Subindo na vida

Almerindo aprendeu a escrever corretamente "a consideração superior".

Esforço inútil: não lhe veio nenhum despacho às mãos.

Trabalhava com Januário carimbando requerimentos. Tinha inventiva e descobriu que, colocando um jornal em baixo do papel, o carimbo saía melhor, quase inteiro. Um progresso administrativo. Faltava apenas o "i" do municipal. Mas isto não era importante. Prefeitura sem "i" também é Prefeitura. Tentou, é claro, resolver o problema colocando, justamente ali, mais um pedaço de jornal. Foi pior. O "i" aparecia bem. Mas o "M" ocultava-se, teimoso. Lia-se apenas *unicipal*. Resolveu, então, ficar com a primeira alternativa. Era mais coerente: *PREFEITURA MUNCIPAL*. Tudo certo.

Nas horas vagas continuava treinando: "A consideração superior". Trabalhou no "A", que aparecia com arabescos e floreios. Tentou, depois, ler alguma coisa na velha cartilha. Inútil. Quando chegava em *batata* lá vinha o *ploploque*. Desistiu.

Fez amigos. Freqüentava o bar, a roda de chope. Gostavam dele, pois falava pouco. Era bom auditório. Sabia ouvir. Ria de qualquer piada: um riso discreto de quem acredita na mentira óbvia.

Um dia animou-se ouvindo falar sobre impostos. Lembrou-se de Seu Clemente, agora sogro, das taxas e moras. Era fácil o problema. Bastava um pouco de inventiva. Por que não criar, ele também, alguns impostos? Era funcionário público, auxiliar de carimbador oficial, classe B – uma autoridade. Expôs suas idéias: dois impostos para vendedores ambulantes. Muito confiante, argumentou: havia tanta gente vendendo tanto, por que não?

– Uma coisa é vendedor parado. Outra, o vendedor andando, o parado vende menos, logo, paga menos. O andante vende mais, logo, paga mais.

Gostaram da idéia. Criada a categoria, a discussão prosseguiu. Os amigos ajudaram, inventando nomes: *perambulantes* – seriam os vendedores fixos, parados. *Andambulantes*, os que andam...

O chefe da arrecadação aprovou. Sorriu:

– Esse Almerindo... Esse Almerindo... Parece sonso mas tem cabeça. Vai longe, vai longe... Um dia desses me aparece secretário de Estado, quem sabe?

E assinou portaria criando taxas para ambulantes estacionados e ambulantes móveis. Um sucesso.

Almerindo sorria, feliz.

Estava subindo na vida, quem diria?

Episódio 29

Onde se trata do casamento, da vida conjugal e seus etc... Etc...

Casou-se Almerindo numa tarde chuvosa: bem casado, de papel e tudo. Foi oficiante o Pastor Humberto, porque Seu Clemente, protestante mais por teimosia do que por convicção, insistiu na cerimônia.

Pastor Humberto era um alemão velho que não falava português, embora o delegado fosse intransigente:

– Alemão lá pras Alemanha! Aqui português, certo?

E o Pastor Humberto:

– *Zinnnn.*

Espichava no "n", torcendo a boca. O "s" jamais conseguiu pronunciar, substituído que foi por um solene e terminante "z".

No culto, para não violar a ordem policial, o sermão fora reduzido a poucas palavras:

— *Má fai inferrrrno... boa fai parrrraize...*

Era tudo e pra que mais?

Esforçou-se naquele dia, pois o casório era importante: a filha do coletor, único brasileiro do templo. E o noivo, um alto funcionário público, auxiliar de carimbador oficial classe B – o que seria isso ninguém sabia. Mas, pelo sim, pelo não, respeito devido era bom. Na hora, dirigiu-se ao noivo:

— *Zenhorrr azeita este...*

...e apontou para a noiva, que mais podia fazer?

— *Diz um fooorte ziiiiinnnnn! Azeita?*

Almerindo titubeou. Falando corretamente poderia desprestigiar o velho Pastor.

Falando como ele, arriscava-se a parecer imitação, arremedo. Vacilou, pensando. Pastor Humberto, que não era muito de pensar, insistiu, preocupado:

— *Azeitaz?*

E Almerindo, resolvendo-se de repente:

— *Zinnn!*

Clarimunda respondeu, seca:

— Aceito.

Pastor Humberto preparou-se para o sermão. Tinha treinado muito. Mas, na hora, faltaram-lhe as palavras. Gaguejou, suando em busca de algo fácil e claro. Por fim, sorriu. Sabia o que dizer: apontou para cima:

— Deus contenta.

Apontou para os noivos:

— Tu contenta, eu contenta...

Abriu os braços, riso largo na cara bochechuda:

— *Tuto contenta. Agorra... a baila, a chope...*

E assim começou para Almerindo uma vida nova, tranquila de tranquilidade modorrenta e calma. Gostava.

Clarimunda, porém, pouco a pouco foi se transformando. A princípio dócil, depois resmungona, por fim autoritária e possessiva. Era ciumenta.

Não tiveram filhos, este o mal. Útero curto, explicavam. Castigo de Deus, diziam as más línguas, falando no casamento protestante. Aquilo não era igreja. Coisa de gringo, obra do Demo.

Tempo passando e Clarimunda cada vez mais exigente. Controlava tudo: dinheiro, o trabalho, a Prefeitura, a hora da chegada, a roupa, os passeios quando passeios havia. Tudo. E Almerindo ia cedendo, cedendo, cedendo. Não sem luta, é claro. Lutava batalha perdida que sempre fora assim. Algo surdo, silencioso e estranho erguia-se entre eles. Era, mais ou menos, como nos tempos de menino com o pai. Pior ainda: o pai era o pai. Dia bom, dia ruim: pai. Mas agora, em casa... Procurava enganá-la. Inventava serviço extra, mil coisas a carimbar. Documentação oficial: montanhas de papéis. Mentia: velho Januário doente, meio entrevado. Inútil. As brigas, em casa, eram contínuas.

Ela:

– Triste sina a minha, casar com esse traste! De carimbador não passa...

Ele, dedo em riste:

– Carimbador oficial e da classe B, sim senhora!

E depois, magoado:

– Triste é este meu olho. Fui logrado. Se não fosse isso...

Ela, triunfante:

— É verdade! É verdade! Boas guampas te botava a Dorinha... Mas eu, burra velha, aqui me matando...

E assim viviam vida de casado.

Almerindo saía da repartição às cinco horas da tarde. Demorava-se um pouco mais na roda do chope; era o que bastava: mal ia chegando e a mulher abria a porta, aos brados:

— Cachaceiro! Bebendo nos botequins enquanto a escrava aqui, se matando...

A mulher adivinhava tudo. Sentiria o cheiro do chope? Mas de que forma? Daquela distância? Feitiçaria. Coisas do Demo.

Um dia chegou mais cedo. Espiou pela janela e viu algo muito curioso: Clarimunda caminhava pela sala, contando os passos, meticulosamente. Assustou-se. Teria enlouquecido? Ou era feitiço mesmo?

Outra vez – espiou. E outra: a mesma coisa. Lá estava a mulher, andando a roda e falando em voz que mal se ouvia: "Duzentos e vinte e quatro; duzentos e vinte e cinco; duzentos...".

Contava os passos, que coisa. Num determinado momento detinha-se abrindo a porta. E, não vendo ninguém, se punha a resmungar:

— Esse desgraçado ficou na farra de novo... Mas ele me paga! Ah, se me paga! Boba é que não sou. Eu? Clarimunda, filha de um coletor federal, casada com gentinha. É nisso que dá. Foi castigo.

Medonha.

Almerindo tornou-se ardiloso. Cuidava-se, planejando histórias, serviço extra. Tentou envolver o próprio sogro: trabalho na coletoria. Não deu certo. Inútil.

Seu melhor amigo era um colega chamado Dalvisse. Trocavam confidências, conspiravam. Enganar a esposa era sua profissão.

Almerindo, na hora do chope:

— Hoje não posso. Ela descobre tudo, tem parte com o Demo... De horário, então, nem se fala.

Dalvisse duvidava:

— Não acredito. Como é que ela pode?

Sacudia-se na banha (Dalvisse era gordo). Queixava-se, também:

— Minha vida é um inferno. O chefe briga comigo, perseguidor. Fico fulo de raiva. Chego em casa, brigo com a mulher; a mulher, coitada, descarrega em cima da empregada. A empregada bate no cachorro. O cão vira fera e me morde. É tudo em mim, tudo em mim... O mundo gira e eu pago.

Naquele dia saíram mais cedo. Combinaram espiar Clarimunda. Como é que ela sabia o momento exato em que ele deveria chegar, a ponto de abrir a porta justo na horinha, minuto certo? Mistério.

Rondaram pela casa, espiando como espião deveria espiar. Dalvisse atreveu-se a bater na porta, a cara muito bem preparada:

— ...tarde, dona Clarimunda. O Almerindo já veio?

E ela, seca e raivosa.

— Não, senhor. Não chegou, que esse só chega depois do terceiro copo. O senhor sabe muito bem sabido: é seu companheiro de orgia.

Um exagero.

Fugiram logo, não fossem apanhados no flagrante.

Dalvisse aconselhou o amigo:

— Melhor é o silêncio. Vocês brigam por quê? Olha aqui: quando um não quer, dois não brigam. Não é? Pois é. Ditado certo de verdade certa.

Sacudiu-se na banha, moveu-se na cadeira. Pediu mais um chope:

— O penúltimo...

Era o sinal.

Almerindo, quieto, dormitava. Depois do terceiro chope fechava o olho esquerdo. Melhor dito: o olho caía lentamente, a pálpebra semi-cerrada. Recolhia-se, cansado. Disso foi que lhe veio o primeiro apelido: "Meia pataca".

O apelido, porém, durou pouco. Não dizia nada.

Costumava recostar-se na cadeira, inclinando-a para trás nas duas pernas. Esticava-se todo, cruzava as mãos na barriga — que estava crescendo — e assumia um ar de beatitude calma, sorriso tranqüilo, passando a língua pela espuma do chope que ficava nos beiços. Murmurava:

— Ah!

E sorria para si mesmo.

Tanta quietude inspirou apelido, este, agora, definitivo: "Morte serena".

Almerindo soube da alcunha: achou graça. Até que não era ruim: Almerindo Morte Serena...

Pediu outro chope. Era tarde. Agora não adiantava mais nada. Clarimunda brigaria de qualquer jeito. Depois de uma certa hora de atraso, desculpa qualquer é sempre esfarrapada. Não adianta. É agüentar o repuxo:

— Outro chope!

Dalvisse insistia no conselho:

— Não responde. Fica quieto. Quando um não quer dois não... Como é mesmo?

Morte Serena abriu um olho, virando-se de meio corpo. Concordou, valente:

— Não respondo! Dito e feito.

Decisão tomada. Sentia-se forte.

E foi pra casa.

Dia seguinte chegou desolado. Dalvisse, curioso, inquiriu:

— E daí? Deu resultado?

Almerindo sacudiu a cabeça:

— Foi pior.

— Pior?

— Muito pior.

— Por quê?

— Ela me perguntava...

— Sim?!

— ...eu não respondia.

— Exato! Quando dois não querem... Isto é, melhor dito: quando um não quer...

...e Almerindo:

— Então ela mesma respondia...

— ?

— ...mas aí é que está o *pissilone*...

— ?

— ...ela não gostava da resposta dela mesma...

— ?

— ...então brigava comigo.

Então concluiu:

– Foi pior. Muito pior. Ela perguntou, ela mesma respondeu. Não gostou da resposta, brigou comigo. Já se viu?

Tomou outro chope.

Recostado na cadeira, desceu o olho esquerdo; depois o direito: tranqüilo, Almerindo Morte Serena dormia.

A vida tem seu lado bom...

Episódio 30

Uma descoberta notável

Foi por acaso. Januário disse:

— Daqui até minha casa tem um quilômetro, mil metros na certa até o portão da cerca. Sei disso porque já contei. Cada passo meu é um metro.

Almerindo ergueu a cabeça, perplexo: era o que Clarimunda contava, os passos. Por que não pensara nisto antes, ele que pensava tanto?

Da repartição até sua casa, tantos passos. Ela, certamente, havia contado. Jararaca! Ficava andando na sala, fazendo a contagem. Iniciava às cinco horas, justo quando ele deixava a Prefeitura. Concluído o número de passos, abria a porta e, se Almerindo não estivesse ali, na hora, estava na farra, bebendo. Mulherzinha tinhosa. Rosnou:

— Jararaca!

Podia lográ-la, é claro, alargando os passos, correndo. Inútil e muito cansativo. Comprar um cavalo – impossível.

Dava na vista. E, além disso, onde deixá-lo? Bom seria um cavalo... Lembrou-se, com saudade, dos tempos de menino.

Optou pelo ônibus, o que exigiu complicados cálculos de tempo extra e despesa idem. Era preciso cronometrar a velocidade do veículo, as paradas – sempre incertas – e a distância. Enfim: a relação entre o tempo gasto na viagem e o tempo gasto para consumo de um copo de chope a mais. Ou a menos. Chegou a conclusão de que poderia, com bom controle, tomar três copos e meio, quase quatro. Passando, corria sério risco: atrasava-se. E depois do atraso, que desculpa serviria?

E assim, sob controle bem calculado e tempo medido, conseguiu viver em paz durante muito tempo, desde que não sucumbisse a tentação de tomar o que restava no último copo de chope. Um desperdício deixá-lo na mesa, assim pela metade. Deixava. Era o preço da paz.

Clarimunda, satisfeita, comentou:

– O Merindo está se emendando. Já era tempo. Coisa triste homem velho de farra.

Um dia, porém, mudaram o itinerário do ônibus. Resultado: maior tempo de viagem, menor consumo de chope: dois copos e um quarto. Uma barbaridade.

Almerindo foi ao Prefeito, que coragem não lhe faltava, e reclamou: a nova linha prejudicava o povo.

O Prefeito, porém, não deu atenção. Disse apenas:

– Requeira aos poderes competentes.

...fórmula certa para matar o assunto.

Não requereu.

Tentou, isto sim, beber mais ligeiro. Ruim, muito ruim. O chope, bebido às pressas, perdia o gosto, mudava o sabor. Chope tem hora certa. Não se adianta nem se atrasa.

Desesperado, imaginou mil formas para livrar-se da mulher. Pensou em férias, viagens, doenças, a saúde do sogro, serviço e até convocação militar.

Inútil.

Clarimunda sacudia a cabeça, firme, categórica: "Não!". E continuava, com seus passos, marcando a hora fatal da chegada.

Almerindo, pois, contentou-se com dois copos de chope e, é claro, um quarto. Nada mais.

Era o preço da paz. Beber menos para continuar bebendo.

Assim se fazem as revoluções.

Episódio 31

O abrigo contra bombardeio aéreo

A entrada do Brasil na guerra transformou o pacato Almerindo em patriota feroz e ativo. Seu olho esquerdo crescera, desmensurado, e brilhava com ódio cívico. Tentou, de início, organizar um "Batalhão de Voluntários da Pátria".

O Prefeito se apresentou logo: o "voluntário número um". O batalhão chegou a desfilar, mas sem grande efeito para desespero de Almerindo, que imaginava algo de muito garbo e imponência. Dalvisse era gordo demais: atrasava-se. Januário, como sempre, falhou na última hora, alegando reumatismo e artrite. O Prefeito, "voluntário número um", não foi. O seu cavalo mancou e, segundo ele, chefe de sua categoria só desfila bem montado.

O olho grande, brilhando sinistro, resolveu agir. Traidor de traição marcada, quinta-coluna. Na hora de dobrar a esquerda, Almerindo continuou em frente, marchando sozinho, enquanto o resto da tropa seguia pela rua principal. Um desastre. Perdera o desfile, justo na hora em que o batalhão chegava ao palanque oficial armado no coreto da praça.

Era só o que faltava, pensou: um olho quinta-coluna. Tomaria providências, é claro, que providência se toma na hora certa.

A guerra trouxe, também, grandes vantagens e uma delas era o trabalho extra. Houve reclamações, como sempre. Trabalho tanto por quê? Mas Almerindo reagiu a altura, em nome da Pátria:

— Nesta hora grave todo sacrifício é pouco.

E ninguém mais falou.

Deu-se conta de algo importante: poderia voltar ao bar tranqüilo. Agora, além de bom ouvinte, também esbravejava, pedindo pena de morte aos traidores. E, naturalmente, mais um chope, depois do qual cerrava o olho esquerdo na posição tranqüila que lhe dera o apelido: Morte Serena.

A Pátria exigia sacrifícios. Bebia.

Não se limitava a isso, justiça se faça. Seu ardor patriótico era sincero. E quando o Prefeito lançou a campanha popular para a construção de um abrigo antiaéreo, apresentou-se logo, revivendo seu "Batalhão de Voluntários", agora com objetivo mais razoável. Festas, bailes, quermesses, livros-de-ouro — tudo corria pela cidade, num frenesi bélico e festivo que animava a todos. O dinheiro vinha fácil, enquanto nos discursos do Prefeito o inimigo já estava às portas da cidade com seus aviões "Stukas" arrasando tudo. Uma catástrofe.

A sirene da ambulância, agora reservada para anunciar a chegada dos bombardeios fatais, foi trocada por tremenda campainha. À noite, apagavam-se todas as luzes. Lucravam os gringos da SUDAM: pouca luz pelo mesmo preço. Almerindo, Dalvisse, os amigos do bar, percorriam as ruas da cidade, em patrulha, alertas contra o inimigo insidioso. Não fosse algum "quinta-coluna" fazer sinais, deixar uma vela acesa que atrairia, da Alemanha, as feras de Hitler. Avião era um terror, via-se nos jornais cinematográficos da Paramout.

O abrigo antiaéreo tornou-se necessidade premente. Almerindo trabalhava, agora, mais do que nunca. Esquecera o chope, vejam só! Que aquilo era tempo perdido, gasto inútil roubado à Pátria e à tarefa salvadora de construir o abrigo.

Mais livro-de-ouro, quermesses, contribuições, bailes, sorteios. E o dinheiro entrando – grosso –, e como!

Por fim, o Prefeito anunciou, em comunicado especial, o início das obras e sua breve conclusão. Enfim, estariam salvos. Alívio geral. Que viessem os nazistas! Estavam prontos.

Havia na cidade, sobre os trilhos da antiga ferrovia, um pequeno viaduto que o povo chamava de "Ponte Seca". Lançou-se, pois, na "Ponte Seca" a pedra fundamental do abrigo antiaéreo, fato que veio redobrar o fervor cívico de todos. Dalvisse achou que o abrigo ficava muito longe. Mas o Prefeito contestou, enérgico:

– É melhor. Evita atropelos. Escolha certa. A cidade se vai, o povo salva-se.

E todos concordaram.

Almerindo, naquela dúvida de duvidar de tudo, silenciava. E metia-se a pensar pensamentos que iam e vinham num atropelo de perguntas sem respostas.

Meses depois inaugura-se a obra.

Decepção.

O Prefeito mandara erguer, de cada lado, pequena parede, fechando o viaduto. Minúscula porta servia como entrada. Não tinha luz, o que foi explicado facilmente: atrai a aviação inimiga.

Almerindo, porém, não concordou. Já sofrera, com o "Batalhão de Voluntários da Pátria", amargura de secar a boca. Não agüentava, agora, aquele abrigo. Duas paredes finas fechando a velha "Ponte Seca". Um fiasco. Protestou:

— Mas isso não adianta nada. Mal cabe meia dúzia de gato pingado...

As autoridades explicaram:

É uma etapa... o primeiro abrigo para crianças. O mundo não foi feito num dia só...

...verdade.

O Prefeito, muito solene, sentenciava:

— Primeiro as crianças! Primeiro as crianças!

...outra verdade.

Almerindo, porém, não concordava. Reagiu: influência do olho ou dele próprio?:

— Patifaria! Onde já se viu isso? E o dinheiro tanto, onde está? Dinheirama grande, onde foi o dinheiro?

Olhos de reprovação pousaram sobre ele. Quem era ele para falar assim das autoridades?

O Bispo abençoou o abrigo, invocando a proteção divina contra as forças do mal. Estava satisfeito. Mas Almerindo vociferava:

— Patifaria!

O Bispo:

– Rezemos todos uma Salve-Rainha.

Almerindo:

– Roubalheira.

Olhos de reprovação. O Prefeito discursando.

Almerindo:

– Ladrões! E o dinheiro?

Encerrou-se a solenidade. Uma voz firme:

– Me acompanhe por favor.

Almerindo estremeceu. Lembrou-se do Sargento Pelicâncio e viu a espada de "plancha" sobre suas costas. Temeroso, encolheu-se todo.

O delegado:

– Me acompanhe, faz favor.

Acompanhou.

Na delegacia foi maneiroso. Conhecia o poder da autoridade. Tentou explicar-se:

– Doutor, isso não está certo. O povo pagou...

– Que povo, Seu Almerindo?

– Nós. O Senhor, todo mundo, sua senhora...

– Não meta minha mulher nisso!

Desculpou-se, gaguejando:

– Pois é, sim senhor... Todos ajudaram.

O delegado compreensivo:

– Seu Almerindo, o senhor é funcionário público. Não pode desrespeitar a ordem. O importante é o respeito geral. Veja na Rússia e na Alemanha: falta respeito geral. Aqui nós temos respeito geral... O doutor Getúlio, chefe da nação, trouxe respeito geral. Alemão é assim, não tem respeito geral. Isso é que é importante. O senhor não tem respeito geral?

Almerindo ia responder. Calou-se, porém. Sentia-se perdido, a um passo da cadeia. O soldado amarelo estava de plantão e pronto. Talvez o Sargento Pelicâncio estivesse ali, já velho, a espera.

Afinal de contas, não tinha nada com isso. Coisas do governo, gente poderosa. Quem era ele? Não sabia ler, nem chegara até a *batata*. Ficara na *uva* e no *ovo*. Sabia escrever "a consideração superior". E nada mais. Era isso, um matuto, atrasado de atraso grande. Mas, e se viessem os alemães, o que seria dessa gente toda? O que seria? Os alemães eram traiçoeiros. Chegavam assim, de repente, arrasando. Domingo, no cinema, todos viram aquele bombardeio medonho, as casas desabando...

O delegado continuava ali, casmurro, dando conselho. Boa pessoa, o delegado, de conselho bom e certo:

– Aviso de amigo, Seu Almerindo. Consideração pelo senhor, Seu Clemente, gente boa, de respeito geral. Lembre-se disso, Seu Almerindo: o respeito geral. Agora vá para casa. Já temos nosso abrigo antiaéreo. Veja bem: esta é a primeira cidade do Brasil a ter um abrigo antiaéreo. Nem o Rio de Janeiro tem igual... Até o doutor Getúlio mandou um telegrama. Grande honra, seu Almerindo. Grande honra. Agora, vamos indo que já é tarde... O telegrama do doutor Getúlio, não esqueça. Respeito geral, seu Almerindo.

Levantou-se. Despediram-se.

Almerindo saiu quieto.

Não foi ao bar.

O olho grande perdera o brilho. Minguara de tamanho: acomodara-se.

A mulher estranhou:

— Ué! Tão cedo! Que bicho te mordeu?

Não disse nada. Responder o que e para quê...?

Atirou-se na cadeira de balanço.

Sentia-se cansado, envelhecido. Dava-se conta, agora, de que o tempo passara. Muito tempo. Lembrou-se do pai, da mãe, das irmãs, do primo Juca e até do burro Ezequiel. Lembrou-se de tudo e sentiu falta de tudo, com dó de si mesmo. Depois, muito triste, falando sem palavras numa voz que só ele ouvia, disse:

— Se os alemães chegam nós perdemos a guerra.

E dormiu.

Episódio 32

Salvo pelas calças

O Brasil não perdeu a guerra.

Mas Almerindo quase perdeu o emprego. Foi salvo pelas calças.

Era olhado com desconfiança. Cochichava pelos cantos: um agitador. Os amigos desapareceram. No bar apenas Don Esteban, que avisou:

– *Cuida-te. Hay um policía mui cerca...*

Havia mesmo. Vigiado.

Seu Clemente, preocupado, advertiu:

– Comunismo é pior que peste negra. Tô avisando, seu!

E não avisou mais nada.

Dalvisse, pesaroso, disse apenas:

– Acho que não te escapas.

Escapou.

Era noite alta quando ele viu o vulto correndo pela beira do muro. Alguém, muito branco, fugia desesperado.

Assustou-se de susto grande. Aquilo tinha jeito de assombração. Estava perto, muito perto. Pensou primeiro em fugir. Depois a curiosidade venceu. Assombração antes da meia-noite não assombra ninguém. Aproximou-se do homem que se escondia, acocorado. Ouviu uma voz conhecida, implorando:

— Graças a Deus! Graças a Deus! É o senhor, minha salvação... Farei de tudo o que quiser. Tudo... Tudo... Mas me ajude, pelo amor de Deus, pela vida de seus filhos...

...Almerindo não tinha filhos. Ficou ali, boca aberta, o olho grande maior ainda, cheio de espanto. A voz prosseguia:

— Estou nas suas mãos...

— Ora seu Prefeito, não diga isso.

— Digo sim! Nas suas mãos!

O Prefeito, encostado no muro, tremia — sem calças. Da cintura para baixo, nu! Vestido só de camisa, era um espanto.

Almerindo não atinava com o motivo daquilo tudo. Via, porém, que era preciso fazer alguma coisa. E rapidamente. O Prefeito, angustiado, explicou explicação falha:

— Foi o cachorro... Aquele buldogue... Eu estava lá, ia saindo. Ele veio de traição, pegou firme e me arrancou tudo. De alemão nem cachorro presta, viu só? Com a barulheira, fugi assustado, quem não se assustaria? Ainda mais eu, primeira autoridade... Não é? Eu sou autoridade, veja só! E estava ali, de que jeito? Olha o jeito. Ascenderam luzes, o povo nas janelas... Um escândalo... Ainda bem que não me reconheceram... Espero que não... Saí correndo. Pensei que estava ao menos de ceroula. Mas nem isto, ficou tudo lá. O danado mordeu com força e arrancou... Foi verdade, lhe juro firme, arrancou tudo... Fiquei assim, em pêlo. Me ajude. Estou nas suas mãos. Como é que vou andar pelado na rua? Eu, logo eu, autoridade máxima. Me ajude. O senhor é homem de bem, chefe de família honrado, não vai querer minha desgraça...

Almerindo era de muito expediente. Homem do campo está sempre resolvendo problemas. Pensou ligeiro, que era de pensar seu ofício. E segurou o pensamento, que nele sempre ia e vinha desaparecendo do nada. Disse:

– Pule o muro. Esconda-se, homem! Antes que venha alguém. Fique quieto. Não se mexa. Vou buscar um par de calças. Não saia daqui.

Ajudou o Prefeito a pular o muro. Foi difícil. Ele era pesado. Teve medo: surgisse um soldado e estaria tudo perdido. E soldado amarelo andava sempre de patrulha. Um perigo.

O Prefeito continuava implorando, tinha medo:

– Não me deixe aqui. Confio no senhor... Sempre confiei... Um patriota... Na guerra foi braço firme... O senhor sabe... Confio mesmo... Não me vá faltar nesta hora...

Almerindo:

– Fique descansado. Volto já, garanto de palavra.

E saiu correndo.

Retrocedeu, porém, no meio do caminho. Se fosse em casa não conseguiria sair mais. A mulher, nas circunstâncias, tolerava algum atraso, reuniões à noite. Enfim, era o esforço de guerra. Mas chegar e sair de novo – isso nunca! Chegou, chegado estava.

Desistiu, pois e foi procurar Dalvisse, que era disposto a ajutório de qualquer emergência. O gordo atendeu, assustado. Não era tarde. Mas já era noite para visitas:

— O que foi? O que foi?

— Preciso de um par de calças.

— ?

— Um par de calças, homem!

— Mas pra quê, Santo Deus? Pra quê?

— Depois explico, seja amigo. Um par de calças... Assunto grave, de homem necessitado... Devolvo logo...

— Enlouqueceu? Me desculpe, mas é loucura... Bem que me disseram... Essa coisa de agitação contra o governo... O abrigo antiaéreo... Enlouqueceu de vez.

— Nada disso. Eu explico depois. Juro que explico. É pra salvar uma pessoa. Que mal tem? Um par de calças...

Dalvisse, afável e crédulo, não era dado a teimosias. Trouxe as calças e Almerindo saiu correndo.

Correu, correu, e correndo chegou. Subiu o muro e viu o Prefeito, agachado. Parecia um monte de carne branca. Disse:

Lá vai.

E atirou as calças. Esperou um pouco. O Prefeito pedia:

— Me ajude aqui... dê a mão, favor. Este muro é alto...

Almerindo ajudou.

O homem era pesado. Gemia, bufando — até que conseguiu pular. Olhou-se, com espanto que espantalho parecia:

— Aqui cabem dois.

Cabiam.

Não disse mais nada. Deixou de lado o tom reclamatório e lamuriento. Ajeitou a cintura das calças, que era larga demais, e saiu pela rua, escondendo-se na sombra dos muros. Mesmo assim, mal enjambrado, caminhava solene. Muito solene. Afinal de contas, era Prefeito Municipal. A primeira autoridade. E agora estava vestido. Impunha respeito.

E de respeito é que vivia o mundo.

Episódio 33

Promoção muito merecida

Os dias se passaram naquela tensão. Murmuravam pelos cantos: "É hoje. Condenado, está condenado. Não passa de hoje".

Passava.

E vinha outro dia e mais outro. Um sufoco.

Até que enfim foi chamado. A voz, na sala grande, parecia anúncio fúnebre:

– Seu Almerindo! Ao Gabinete.

Esse "ao gabinete" era funesto. O silêncio mortal. Tudo paralisado.

Almerindo levantou-se, distraído, na mão o carimbo importante. Nunca se sabia, quem sabe? Talvez houvesse documento a carimbar no Gabinete, garantindo validade solene a ordenamento municipal. Era seu dever.

Abriu a porta com vagar, vendo, atrás da mesa grande, a figura do Prefeito. Ele rosnou um rosnado de autoridade:

— Entre.

Depois, sorrindo:

— Muito obrigado.

E acrescentou:

— Não sou homem de esquecer amigos. Esse defeito não tenho.

Entregou-lhe, então, um pequeno pacote, que Almerindo pegou. Saiu logo, sem dizer nada. Atrapalhou-se um pouco, é verdade, pois ainda estava com o carimbo na mão, que quase caiu, não fosse quebrar o selo tão importante.

Na sala, o silêncio era completo. Silêncio de início ou fim de velório. Sentiu-se olhado. Interrogatório mudo. E pensou consigo: "O olho é uma coisa engraçada. Anda solto pelo mundo, vendo e revendo".

Foi para a escrivaninha e continuou a carimbar. Precisava de um carimbo novo. Mas não havia verba. Para onde ia o dinheiro? Um mistério. O "P" de Prefeitura estava cada vez mais gasto e, mesmo calçando almofadas e jornais, sempre saía "refeitura". Era preciso fazer alguma coisa. Mas o quê?

Silêncio.

Ninguém disse nada. Mas, de repente, de forma estranha e silenciosa, compreenderam todos que não haveria demissão alguma. Estava salvo. Se demitido fosse não voltaria à mesa, que mesa era o símbolo do posto: não havia funcionário público sem mesa, não havia.

Almerindo pensou em entregar o pacote ao Dalvisse. Depois achou melhor escondê-lo. A discrição o salvara. Poderia denunciar o Prefeito, embora todos soubessem que ele andava com a mulher do Tesoureiro Geral, corno de corneação conhecida. A mulher esquecera de prender o cachorro, bicho feroz. Tenebroso. O resultado foi triste: agarrado pelos fundilhos, perdeu calça e cueca. Ainda bem. Poderia ser pior, mordido logo naquela região... Ou, então, a história era outra: o marido chegando e ele fugindo em pêlo. Ninguém sabia, e verdade dos chefes nunca se sabe.

Olhavam todos aquele pacote cor-de-rosa. Precisava explicar. Explicou:

— Uma lembrança.

E não disse mais nada. Dizer o quê?

No bar, a roda se refizera. Os amigos voltaram. Dalvisse comentou:

— Governo é coisa que não entendo. Estava certo de que iam te botar na rua... E me vens com presentinho. Santo forte.

Esquecera as calças.

Almerindo sorriu. Pagou o chope e levantou-se. A guerra estava no fim. Era preciso, agora, ter cuidado em casa. As desculpas rareavam, as oportunidades sumiam. Clarimunda voltara a contar os passos e exigir pontualidade, rosnava:

— Não sou mulher de meganha...

Almerindo baixava a cabeça, esticando o olho naquela posição de morte serena, tranqüilo com a vida. Discutir o que e pra quê?

A portaria veio uma semana depois. Não esperava nada. Bastava-lhe conservar o emprego. Viu, no papel, trabalho de rotina, expediente normal. Já ia carimbá-lo. Riram todos:

— Esse Almerindo tem cada uma! Carimbar logo a portaria de promoção...

Promovido. E por merecimento, conforme rezava o texto prefeitural. Passava para o "Departamento de Orçamento de Verbas". Bom aumento e função gratificada. Extinguia-se o cargo de "Auxiliar de Carimbador Oficial classe B". Uma lástima. Quem, agora, carimbaria o quê? Sem carimbo papel virava o quê? Papel, ora essa.

A Divisão de Orçamento era dirigida pelo Dr. Zacharias B.T.V. Montenegro, bacharel de muitas letras, orador oficial do "Grêmio Literário Castro Alves". Falava até latim, que era língua de missa. Nem Padre Caetano entendia. Mas o Bispo, este sim, deleitava-se.

Almerindo assustou-se. O Dr. Zacharias era temido. Abreviava parte do nome, que detestava. Isto fora uma falseta do pai. O B.T.V. significava "Bem-Te-Vi", pássaro gritante que justo na hora de seu nascimento se pusera a cantar na janela: "Bem-te-vi, bem-te-vi". E o pai não vacilou.

– O bicho dá sorte.

E tacou o nome: Zacharias Bem-Te-Vi.

Um desastre pronunciá-lo. O homem irritava-se. Às vezes, na rua, um moleque gritava: "Bem-Te-Vi". O mundo vinha abaixo, sob gritos e pancadaria.

Almerindo aprendera uma coisa na vida: era melhor confessar a ignorância do que nela ser descoberto. A verdade evitava problemas. Foi logo dizendo, humilde:

– Doutor, não tenho prática nenhuma. Sei de impostos assim por cima, dos tempos de meu pai. Se o senhor quiser eu peço demissão...

Zacharias espantou-se. Nunca vira aquilo. Cargo público não era de competência e saber: era de política e influência. Foi compreensivo. Gostou da franqueza. Disse, num sorriso amigo:

— Bobagem. O orçamento já vem pronto. É só mudar os números com o Prefeito. Se no ano passado foi dez a gente aumenta para quinze ou diminui para oito, tanto faz. No fim se gasta de qualquer jeito o que se tem e o que não se tem. É muito simples...

— Bem, de número eu entendo um pouco. Sou ruim de letras mas bom de tabuada.

Zacharias riu:

— Não tem mistério... É só um *remanejamento verbal*. Aumenta-se um número, diminui-se outro. E assim vai a vida, se vai, não vai?

Vai.

Era a frase predileta do Dr. Zacharias: "E assim vai a vida".

Almerindo sentou-se, quieto.

Tinha, agora, uma escrivaninha maior, solene. Era olhado com respeito. Os contínuos passaram a chamá-lo de doutor. Soava bem:

— Doutor Almerindo.

...quem diria?

Sorriu, satisfeito. Cruzou as mãos sobre a barriga, fechando o olho grande naquele gesto tranqüilo de morte serena, pensando consigo: "Ora, ora... o quanto vale um par de calças". Depois acrescentou, em voz baixa:

— E assim vai a vida.

Vai.

Doutor Zacharias B.T.V. Montenegro não ouviu. Estava ocupado com seus números, trabalhando no *remanejamento verbal* do ano.

Episódio 34

Espinha dorsal da nação

O bacharel Zacharias B.T.V. Montenegro encontrou em Almerindo o que lhe faltava na vida: um auditório atento.

O homem, enfatuado e solene, que ao cumprimentar apenas movia a cabeça, era, na intimidade do trabalho, ameno e agradável.

Almerindo sentava-se, cruzando as mãos sobre a barriga que, com o tempo e o chope, tomara volume. A pálpebra descia, leve, sobre o olho esquerdo – e ali ficava. Ouvia, entre humilde e atento, o ilustre homem das verbas e orçamentos:

– Somos a espinha dorsal da nação. Tesouro rico, país rico. Veja a América, a Inglaterra, a França. Tesouro rico, povo rico. Já nós, sempre à míngua. Não há verba. Tesouro pobre, povo pobre. E assim vai a vida...

Almerindo, às vezes, sugeria alguma coisa. Doutor Zacharias animava-se:

– É possível... É possível... Interessante. Vamos ver o fundamento legal.

E mergulhava em seus livros num silêncio que durava dias, semanas, até meses. Por fim, a sentença:

– É possível. A alínea "F" do parágrafo terceiro do artigo 134 do quinto capítulo do livro quarto do ordenamento legal tributário nos autoriza a fixação de taxas diversas para melhorias. É possível.

Sorria, satisfeito. O olhar guloso, ávido de impostos e recolhimentos.

Assim surgiu a "Taxa de Iluminação Pública", dividida em duas partes, o que era obra de Almerindo: taxa de iluminação com luz e taxa de iluminação sem luz.

Não era justo, argumentou, cobrar a mesma coisa de quem ainda não tivesse o benefício... Justiça seja feita. E foi feita.

Davam-se bem, os dois. Almerindo sempre tivera o fascínio de impostos e taxas. Gostava daquele mundo. Mundo grande, misterioso de mistério que ninguém entendia. Impostos... Impostos... Lembrava-se do pai, acabrunhado, discutindo com a mãe: "Por que não levou o porquinho-russo? E, quem sabe, mais duas galinhas?".

Seu Clemente era mestre na invenção de taxas, impostos, juros, multas e moras – para o governo e para ele próprio. Almerindo, intrigado, via nele o poder supremo, capaz de tirar aquilo que era fruto de um trabalho duro, de sol a sol. Para onde ia tanto dinheiro? E tanto porco gordo? – haja chiqueiro, se tanto chiqueiro havia no governo...

Agora começava a compreender. Vingava-se, criando, ele mesmo, novos impostos e taxas. Incrível. Como era fácil. E mais incrível ainda: todos pagavam sem discutir. Ou com discussão pouca.

Depois da iluminação pública, veio o "Imposto de Trânsito Animal". O povinho do interior, solerte, lograva o governo: antes de chegar a cidade desatrelavam os animais, deixando carroça ou carreta na estrada. Procuravam livrar-se do fisco, do emplacamento. Povinho esperto. Mas não com Almerindo ali. Ele tinha experiência. Viu onde estava o logro, a burla. Era como o pai fazia: ao invés do leitão gordo – o magro, às vezes doente, pesteado de peste ruim. Era preciso tomar providências. Doutor Zacharias concordou:

– Evasão de recursos... É a sonegação, crime fiscal. Coisa terrível... Vamos ver o fundamento legal...

...e suspirava, por que suspirava tanto?:

– E assim vai a vida...

...para concluir, dias depois:

– É possível... é possível...

Veio, assim, o "Imposto Sobre Trânsito Animal". Era o ISTA. Houve protestos, algumas reclamações e, também, a burla: gente que pagava uma taxa e se utilizava da mesma para vários animais. Povinho esperto, cheio de truques. Safadeza. Mas Almerindo não se perturbava. Viera de escola boa e firme. Aprendera com Seu Clemente. Sentenciava:

– Multa, juros, mora e dois leitões, bem gordos, é claro – por infrator.

Era uma guerra. Pior que guerrear com os alemães.

Doutor Zacharias não aprovou os leitões.

Lástima.

Ficou apenas na multa. Não havia "fundamento legal" para os leitões, fato que levou Almerindo a desconfiar do sogro, o velho Clemente. Havia, então, dois governos: um na cidade, outro no campo, na roça? Talvez. Tudo era possível nesse mundo...

A taxa de água revelou-se complicada e difícil. Tinha como base o número de torneiras. Mas ninguém declarava o número certo. Burlava-se o erário. Houve uma caça às torneiras clandestinas e até um princípio de tumulto, logo sufocado. Pena que o Sargento Pelicâncio não estivesse mais na tropa... Reformara-se. O delegado, enérgico, declarou que era preciso "manter o respeito geral".

Manteve-se.

Já o imposto sobre latrinas foi recebido com indiferença. A TUL era um taxa pequena e prometia-se, em troca, um bom serviço de limpeza pública, que não havia. Além disso, ao contrário do que se imaginava, o imposto não fazia qualquer discriminação. Era geral. Tanto para um como para dois ou mais buracos, pagava-se o mesmo: taxa única sobre latrinas, a TUL... O povo, então, esperto, aproveitou-se. Houve uma febre de construções. Muita gente enriqueceu, especulando com latrinas. Outros exibiam-se, como o rico industrial que tinha uma latrina com doze buracos, um para cada filho. Era a maior latrina do Brasil, orgulho da cidade. Pensou-se, mesmo, em inauguração pública e solene, com discurso, benção e missa. Padre Caetano recusou-se e ficou mal visto, com Igreja vazia por muito tempo. Por que não benzer as latrinas? Afinal, tudo era de Deus. O proprietário, orgulhoso e contente, arrependia-se de tê-la construído longe, nos fundos da casa. Era obra para ficar a vista, à beira da calçada.

Um sucesso a TUL.

Mais tarde, Almerindo substituiu o selo pelo carimbo, medida aprovada pelo Doutor Zacharias: tinha fundamento legal. Era um carimbo enorme, com o retrato do Presidente da República. Chamava-se *carimbelo*, pois era ao mesmo tempo carimbo e selo. Nenhum documento podia entrar no protocolo da Prefeitura sem o *carimbelo*.

Foi algo prático e muito aplaudido. Facilitava o trabalho. Economizava cola, tempo e língua. Lamber selo era um trabalhão.

Almerindo apaixonara-se pelo serviço. Era visto em cochichos com o Doutor Zacharias, estudando impostos e taxas. Estavam sempre juntos e até o Prefeito, todo poderoso, temia interrompê-los, concordando com a voz de todos:

– Ali está a espinha dorsal da Nação.

E retirava-se, contrafeito, pois via naquilo sua autoridade cair, diminuindo. Era algo anômalo, um poder dentro do poder. Triste. Fazer o quê?

Inaugurada a Ponte Nova, Almerindo passou noites em claro. Não podia conceber a obra tão cara sem render nada, inútil ao erário. O povo faceiro passeando bobo pela ponte. E de graça. Falou com Doutor Zacharias e ouviu, pela primeira vez, um nome estranho: pedágio. Nos Estados Unidos, informou o bacharel, paga-se para andar nas estradas e pontes. Por isso havia progresso, desenvolvimento, enquanto aqui era o atraso.

Almerindo começou a pensar e concluir que estava na hora de instituir um "pontágio": a ponte a render...

Sorriu, feliz, com a idéia. Doutor Zacharias concordou:

– É possível... É possível... Vamos ver o fundamento legal...

Foi quando Almerindo sentiu aquela dor aguda no peito.

O olho grande turvou-se, escureceu.

A noite caiu de repente.

Noite grande.

Episódio 35

A visitante

O médico veio, examinou, franziu a testa.

Almerindo, quieto, respirava lentamente. O olho grande brilhava, enorme, desconfiado.

O médico chamou Clarimunda e explicou:

— Lamento muito. É triste, ainda moço... Aneurisma... Não passa de hoje...

Clarimunda reagiu:

— Nada disso! Nada disso! Era só o que me faltava... Esse traste me deixar no abandono. Logo eu! Que fui tão sacrificada! Não *ademito*!

Nos últimos tempos ela usava muito a palavra *ademito*, mas sempre no sentido negativo: não! Agora, indignada, repetia muito alto:

— Não ademito! Não ademito!

Dalvisse, porém, explicou:

– Não se preocupe. Tem o Montepio dos Funcionários. A senhora continua recebendo a mesma coisa, isto é, um pouquinho menos, mas recebe.

Clarimunda, em dúvida:

– Verdade mesmo?

– Sim senhora. É da lei. Viúva de funcionário tem garantia.

Conformou-se, então. E ficou na cabeceira da cama, sentada muito quieta, sem ter e nem saber o que fazer – fazer o quê? Almerindo agonizava.

...e ele viu a morte entrando pela porta. Era uma senhora magra, muito alta, toda vestida de branco. Não trazia o gadanho ceifador. E seu rosto nada tinha da caveira esquelética, tão falada e vista. Era pálida, muito pálida – e caminhou em sua direção com um sorriso muito triste nos lábios, um sorriso que vinha de longe, do fundo dos tempos...

Almerindo soergueu-se. Tentou levantar a cabeça, assustado, compreendendo tudo. Murmurou os dentes:

– Chamem o Padre Caetano...

Era um ronco apenas. Clarimunda não entendeu.

A senhora de branco veio vindo, vindo, vindo... Meio caminhando, meio flutuando... Vindo...

...e nisto Almerindo começou a rir, o olho grande bem saltado. Medonho. E ria, ria, ria – um riso convulso. Por que ria tanto? É que a senhora de branco transformou-se em visitante bem recebida: caminhava, não para ele, mas em direção a Clarimunda. Vinha naquele seu passo esvoaçante, como que pisando em nuvens. Não era ele, Almerindo Morte Serena. Não. Era Clarimunda que a danada viera buscar. E ela ali, coitada, muito sim senhora. Não desconfiava de nada, não. Quem diria...

...a senhora de branco vinha lentamente. Almerindo contorcia-se de tanto rir... Seu olho grande vendo a morte na direção torta, ele torto também. E rindo assim, enganado mais uma vez pelo olho torto, deu seu último suspiro.

Morreu tranqüilo, certo de que não ia morrer.

O olho grande, naquele momento final, mostrara-se amigo.

Clarimunda ergueu-se, pensando: "Coitado! Morreu como viveu: de miolo mole. Rindo nessa hora... Só ele, quem mais?".

Consolou-se depois:

— Não era má pessoa.

A morte santifica.

Vieram todos e olharam aquilo com espanto: o olho esquerdo continuava aberto, brilhando firme, enorme. Recusava-se a morrer.

Dalvisse sugeriu:

— Água com limão.

Inútil. A vizinha:

— Um quatrocentão, a moeda.

Impossível. Ninguém possuía tal moeda.

"Faça o sinal da cruz três vezes", disse Januário.

Nada.

Don Esteban gritou:

— *Por Dios! Cerrem lo ojo com la mano, mierdas!*

Inútil.

Alguém, mais diligente, pensou num tapa-olho. E explicou:

– Igual aquele de pirata...

Mas Clarimunda, que era dona do morto, não permitiu. Era viúva de homem honesto. E cristão.

À tarde, sem que ninguém visse, o olho grande fechou-se quieto. E, por sua vez, morreu também.

Almerindo tinha nos lábios aquele sorriso tranqüilo de quem espera pelo último copo.

Epílogo

Havia no cemitério da cidade dois coveiros.

Eram irmãos gêmeos: Zico Zarolho e Zeca Perneta.

Zeca Perneta tivera fama como goleiro do imbatível "Grêmio Recreativo Independente da Harmonia". Desmoralizava o adversário, ali no gol, com sua perna-de-pau, andando, calmamente, de um lado para outro. Às vezes tirava a perna-de-pau, polindo-a com um pano velho, olhando, indiferente, o ataque inimigo. Ou, então, de canivete em punho fazia incríveis desenhos que iam bordando aquele toco. Depois recolocava a perna de pau e ria para o adversário já desmoralizado. Riam todos – e o gol não saía. Imbatível.

Zeca Perneta era, também, de chute forte e certeiro: um canhonaço. Não se sabia de que forma aquela perna de madeira tocava a bola com tanta violência. Dali veio, certamente, o nome que se tornaria universal: artilheiro – quer artilharia melhor que um chute de perneta?

O Prefeito, entusiasmado, cogitou de enviá-lo à seleção nacional, argumentando:

— Se ele nunca foi vazado, é o homem certo.

Era verdade. Jamais fora goleado. A perna-de-pau tinha asas no voar defensivo.

Doutor Afonsinho, o novo chefe de Gabinete, muito moderno, tinha idéia diferente. Explicou, horrorizado:

— Jogador de futebol é atleta. E atleta representa a nossa raça no estrangeiro. Vão pensar que aqui é tudo capenga. Não pode.

E assim o famoso goleiro perdeu sua grande oportunidade. Estava certo do êxito. Por isso, barrado, retirou-se desgostoso. Abandonou a carreira. E o "Harmonia" nunca mais conseguiu uma vitória. Perdia de goleada.

Zeca Perneta ajudava o irmão nas lides do cemitério, porque Zico Zarolho cometia enganos: olhava uma coisa, pegava outra. Não raro trocava sepulturas, gerando incidentes e protestos. Nada mais triste do que morto em cova errada. Zeca Perneta, assim, tinha função importante: indicar o lugar certo para defunto certo.

No dia do enterro de Almerindo, Zeca Perneta não veio. Adoecera, ele que não conhecia cama a não ser para sono e sesta.

Zico Zarolho, sozinho, viu o túmulo já aberto, ali preparado, à espera. Era um? Eram dois? Quem importa e quem se importa? Achou fácil. Não se enganaria: estava ali, a sua frente. Pisando firme, levou o caixão de Almerindo para a cova ao lado.

Ninguém se deu conta.

Enterro feito, voltaram todos. E, como sempre acontece, esqueceram o morto para viver vida, que cada um tem a sua.

Naquela mesma tarde outra família, mais contrita e religiosa, ali chegou para colocar uma placa. Zico Zarolho, novamente, indicou um local, vendo uma coisa e apontando outra.

E foi assim que, sobre o túmulo de Almerindo, em lápide bem trabalhada, lia-se bonito e claro:

"Aqui jaz Maria Josefa do Amor Conceição.

Viveu santa, morreu virgem.

Saudade eterna de seus pais."

INFORMAÇÕES SOBRE NOSSAS PUBLICAÇÕES E ÚLTIMOS LANÇAMENTOS

Cadastre-se no site:

www.novoseculo.com.br

e receba mensalmente nosso boletim eletrônico.

novo século®